RONDA DEL GUINARDÓ

Juan Marsé

RONDA DEL GUINARDÓ

Edición de
Fernando Valls

CRÍTICA
Barcelona

Para María Josefa Guzmán, mi madre,
que cuando éramos niños nos recordaba
siempre el hambre que trajo la guerra.

Yo de aquellos años recuerdo sobre todo el frío y el hambre. La nieve y el hambre. El viento y el hambre.

«El fantasma del cine Roxy»

...la hermosa ciudad apestada, Barcelona, capital del desamparo emigrante, cortesía de archivo, y de este sutil refinamiento de preclaros mamarrachos que se ha dado en llamar *seny*.

La oscura historia de la prima Montse

...detrás del supuesto huracán de intenciones de una novela suele silbar el viento perdido de la infancia común y corriente, sólo eso.

Confidencias de un chorizo

NOTICIA DE JUAN MARSÉ
Y «RONDA DEL GUINARDÓ»

Fernando Valls

JUAN MARSÉ MÚLTIPLE

Quién sea Juan Marsé no parece fácil de dilucidar. Pero si leemos sus libros y las numerosas entrevistas que, a pesar de todo, ha venido concediendo a lo largo de los cuarenta años que dura ya su trayectoria literaria, podemos hacernos una idea algo más precisa de su manera de pensar, de sus filias y fobias, de la persona que se enmascara tras los narradores de sus libros.

Alguien que ha escrito dos volúmenes de retratos literarios parecería obligado a acabar mirándose al espejo para componer el suyo propio. Así lo hizo nuestro autor, y por partida doble, pues Marsé ha dejado dos impagables autorretratos recogidos en *Señoras y señores* (1975 y 1988). Retratos que ahora le parecen piadosos. Lo raro es que este hombre, y a estas alturas, siga considerándose un «aprendiz de escritor», alguien que lo pasa mejor leyendo que escribiendo. En fin, siempre es bueno, vistos los estragos causados, que haya en el mundo literario quien no se considere un profesional de la escritura. Marsé ha confesado alguna vez que le hubiera gustado ser payaso de circo, aunque en otra ocasión afirmara que disfrutaría trabajando con sonidos, siendo músico, concertista de piano y compositor. Entre otras razones, para seducir a las señoritas con la música... Quizá por ello, el joven Daniel, en *El embrujo de Shanghai*, desea ser pianista (p. 123). Pero a lo que más le cuesta resignarse es a no haber vivido en el Hollywood de los años treinta, no haber sido Gary Cooper o Clark Gable; o al menos pirata en el Caribe durante el siglo xvii. Ha reconocido también en alguna ocasión que como hijo adoptivo que fue, se siente esquizofrénico de nacimiento, como algunos otros autores catalanes que escriben en castellano. Ahora, finalmente, cuando ya ha cumplido los setenta años, lo que desea es poder dimitir de todo y dedicarse sólo a matar el tiempo.

La formación cultural de un joven autodidacto. El cine y la literatura popular

Las primeras semanas de la vida de Juan Marsé, en la Barcelona de 1933, tienen ya un cierto hálito legendario. Rosa Roca, su madre, murió quince días después de nacer él, por una complicación en el posparto, como la madre de *Rabos de lagartija*. Su padre, Juan Faneca, un taxista, se había quedado viudo con una niña de cinco años, llamada Carmen, y un niño de semanas, sin poder atenderlos a su pesar. Un día recogió en el taxi a una joven pareja, los Marsé, que acababa de perder a su primer hijo y a quienes habían dicho que no podrían tener descendencia, de modo que acordó con ellos la adopción. Así, quien iba a ser Juan Faneca Roca se convirtió en Juan Marsé Carbó y pasó de vivir en una casa de Sarriá a otra de la barriada de La Salud, en los bajos del número 104 de la calle Martí, donde residirá hasta que en 1966 se case con Joaquina Hoyas. Sólo volvió a ver a su padre biológico en un par de ocasiones: el día de su primera comunión y durante la boda de su hermana. Quizá por ello sus novelas estén repletas de niños que se inventan e idealizan a su progenitor.

A Marsé le gusta recordar que nació el mismo día en que fueron expulsados los jesuitas y mataron a Seisdedos. Sus padres definitivos procedían del campo de Tarragona, de L'Arboç, y se instalaron en Barcelona durante la República. A pesar de aquellos iniciales pronósticos médicos, los Marsé tuvieron dos hijos más, Regina y Jordi. Josep *Pep* Marsé, el padre, fue antes de la guerra agente de la Generalitat (como Jan Julivert Mon en *Un día volveré*), siendo de ideología republicana, separatista y anticlerical. Luego, tras pasar por el grupo «Nosaltres Sols» de Estat Català (también Sisco Julivert, el padre de Jan, asistía a las reuniones de Estat Català en un piso del número 32 de la Rambla de Cataluña), se afilió al Partit Socialista Unificat de Catalunya en 1936, aunque siempre fue un militante atípico, de aquellos escasos que suelen ir por libre. Al acabar la guerra no quiso exiliarse y terminó en la cárcel. Fue detenido en varias ocasiones por actividades subversivas, y cada vez que Franco visitaba Barcelona lo llevaban a la prisión, como medida preventiva. A Juan Marsé le gusta sobre todo rememorar a su padre como un resistente, o, como reza la dedicatoria de *Un día volveré*, como aquel que le «enseñó a combinar la concienciación con la escalivada». Pero también ha explicado el autor que si empezó a escribir en castellano fue en parte como reacción ante el furioso nacionalismo de su padre. Berta Carbó, su madre, trabajaba como telefonista en la sede central del PSUC y luego, tras la guerra, como enfermera en casas particulares. En su primera novela, *Encerrados con un solo juguete*, la madre de Andrés, el protagonista, trabaja también como enfermera.

Entre 1942 y 1946 estudió en el Colegio del Divino Maestro, situado en la calle del Laurel. Ni de aquel centro ni de su director guarda buenos recuerdos. Muy pronto, a los trece años, entró como aprendiz en un taller de joyería que había en el número 90 de la calle de San Salvador (como el joven Néstor, de *Un día volveré*, o como Mingo en *Si te dicen que caí*), regentado por Jaime Munté, lo que le permitía, al menos al principio, recorrer la ciudad cumpliendo encargos. Unos pocos años después (en la entrevista a Francisco Olmos que se citará más abajo) recordará: «he pasado la mayor parte de mi juventud en un cochino taller donde me pagaban mal». Asimismo, una de las veces que detuvieron a su padre, ocupó su trabajo en un tostadero clandestino de café (como Luis, en *Si te dicen que caí*), para que no lo perdiera. Debió de

ser en esta época cuando empezó a tener noticias de la resis-
tencia antifranquista, a través de un hermano de su padre que
vivía exiliado en el sur de Francia.

Parece claro que el cine tuvo una importancia decisiva en
su formación intelectual. Marsé ha contado en numerosas
ocasiones que en esos años sus «vías de escape eran el cine y
los libros»: alquilaba novelas y asistía a las sesiones dobles de
los cines del barrio, como el Roxy o el Iberia, donde solía entrar gratis porque su padre trabajaba allí como desratizador
empleado por el Ayuntamiento. El cine fue para él, como
para tanta gente de la época, una forma de evadirse de una
realidad terrible, pero sobre todo el acicate ideal para sus
sueños y mitos. «En el cine, como en tantas cosas de la vida
—apunta Marsé—, lo que de verdad tiene sentido es prolongar
el gesto y la figura más allá de la derrota que diariamente nos
infligen el tiempo y la muerte: la realidad.» Ello explica su
desinterés por el cine neorrealista y su fascinación por el cine
negro norteamericano de los años treinta y cuarenta, así
como por los *westerns*. Lo que el joven Marsé buscaba entonces en la pantalla no era saber de qué modo era la realidad
sino cómo podía ser; o según él dice, «mimos y susurros de
ensueño». Quizá por eso haya escrito que «vamos al cine, por
encima de todo, para ser seducidos por alguien lo más rápidamente posible y reconciliarnos así con los maltrechos
ideales de la infancia» (*La gran desilusión*, pp. 31-33). Pero tal
vez sea en *Rabos de lagartija* donde nos proporciona Marsé la
descripción más precisa de los efectos que produjo en su generación: «Cercada por la oscuridad y algo torcida, la pantalla devuelve a la platea bocanadas de luz cegadora y sueños de
profecías» (p. 93).

En cuanto a sus primeros libros, un sarampión que pade-
ció en 1943 lo llevó a la lectura de *La isla del tesoro* y de *Veinte mil leguas de viaje submarino*. Allí se encontró con algunos
de sus personajes favoritos, como Long John Silver, Jim y el
capitán Nemo. Así, esas primeras lecturas, de la infancia a la
adolescencia y primera madurez, empiezan siendo los tebeos

(los héroes de la niñez fueron El hombre enmascarado, Jorge y Fernando, El solitario de la pradera, Juan Centella, Tarzán, Flash Gordon o Rip Kirby) y las novelas de kiosko que alquilaba casi cada día (El Coyote, La Sombra, Doc Savage o Pete Rice), y ya más tarde, aunque sin apenas orden ni concierto, como él mismo ha reconocido, libros de Salgari, Edgar Wallace (su primera pasión como lector, aludida en *El embrujo de Shanghai*), Balzac, Stevenson y Stendhal, junto con las novelas policíacas de la Biblioteca Oro (los de Conan Doyle le divertirán más que la novela negra) o las que editaba José Janés, obras de Somerset Maugham o Lajos Zilahy, Cecil Roberts y Maxence van der Meersch.

Para Marsé, la narrativa del xix siempre fue la novela por excelencia, aquella en la que se cuenta una historia con personajes para fascinar al lector, a pesar de que cuando empezó a frecuentar los círculos literarios se topase con cierta disparatada sentencia que José María Castellet escribió en *La hora del lector* (aunque la suprimió en la reedición): «En general, puede decirse que el novelista del xix fue poco inteligente». No obstante, suele recordar con entusiasmo el descubrimiento de Faulkner, de su novela *Santuario*, en la edición de Austral. Asimismo, entre los narradores españoles sus preferidos son Cervantes, Galdós, Clarín («*La Regenta* me la sé casi de memoria», ha declarado), Valle-Inclán y Pío Baroja, a pesar de que se critique su prosa desaliñada. Pero, además, siempre le han gustado las novelas de Dickens, Tolstoi, Chesterton, Joseph Roth, Nabokov y Onetti. Aunque en esto de las artes y entretenimientos narrativos su dios absoluto haya sido Stevenson, con *La isla del tesoro* a la cabeza, pues −como le gusta afirmar− lo tiene todo: «aventura, misterio y escritura transparente».

Marsé distingue con buen tino a los prosistas de los novelistas. Así, Joyce, Cela, Martín-Santos y Benet pueden ser grandes prosistas, pero le parecen novelistas mediocres. Con lo cual no es difícil deducir que su novela ideal sería aquella capaz de hacerle olvidar que está leyendo, la que consigue conmover y entretener al lector, dotando de verdad y vida la historia relatada. Entre sus antagonistas tampoco falta una relación de lo que le gusta llamar «chorizos literarios», formada por toda una caterva de caraduras más o menos subvencionados por el erario público, exhibicionistas varios, aprovechados y vividores de diverso pelaje, encabezada por Baltasar Porcel y seguida por Fernando Arrabal, J.J. Armas Marcelo y Fernando Sánchez Dragó, por citar sólo a los más conspicuos. Toda una declaración de principios estéticos y morales.

Entre 1954 y 1955 realiza, durante dieciocho meses, un plácido servicio militar en Ceuta, en la Agrupación de Transmisiones de la Comandancia General, y comienza a escribir. Su formación literaria e intelectual fue autodidacta, a diferencia de la de la mayoría de autores de su grupo. Al volver a Barcelona se inicia en la crítica de espectáculos en la revista *Arcinema*, de corta vida. A finales de los años cincuenta y a instancias de Paulina Crusat (a la que conoció, aunque entonces residía en Sevilla, porque la madre de Marsé cuidaba de la de la escritora y traductora) publica dos relatos en la revista *Ínsula*: «Plataforma posterior» (1957) y «La calle del dragón dormido» (1959). Será también Crusat quien lo anime a presentarse al Premio Sésamo, que gana en 1959 con el cuento «Nada para morir», luego recogido en la revista Destino (el 2 de mayo de 1959). Con «La mayor parte del día» compite sin éxito en 1963 por el premio de la revista *Triunfo*, al que acuden casi todos los cultivadores del realismo social. El concurso se celebró a lo largo de 1963 y 1964 y estaba dotado con cincuenta mil pesetas. Todos los cuentos seleccionados, como el de Marsé, se publicaban en la revista y recibían quince mil pesetas. El ganador fue un desconocido Juan Cesarabea, seudónimo de Manuel Suárez, aunque concursaron autores tan importantes como Daniel Sueiro, Ramón Nieto, Fernando Quiñones, José María de Quinto, Julio M. de la Rosa, Antonio Ferres, Jesús López Pacheco, Isaac Montero, Jorge Campos, Armando López Salinas, José Luis Acquaroni, Alfonso Grosso, Félix Grande, Enrique Cerdán Tato, Mauro Muñiz, María Beneyto, Gabino Alejandro Carriedo, Luis Martín-Santos, Antonio Núñez, Carmela V. de Saint-Martin, Jorge Ferrer-Vidal Turull, Manuel Barrios, José Esteban, Dolores Medio, Juan Eduardo Zúñiga, Ana Diosdado, Carlos Álvarez, Francisco Candel, Juan Bonet y José Ruibal, entre otros muchos, hasta un total de setenta y tres seleccionados. Este relato de Marsé está emparentado con algunos episodios de la que será su primera novela, en los que muestra las condiciones de trabajo en el taller de joyería.

Marsé presenta al premio Biblioteca Breve, dotado con setenta y cinco mil pesetas, su primera novela, *Encerrados con un solo juguete* (1960). El galardón lo habían obtenido ya Luis Goytisolo y Juan García Hortelano, pero ese año el premio se declaró desierto. El intento, no obstante, le sirve para trabar amistad con los miembros de la editorial Seix Barral. Si escogió ese sello para publicar su primera novela –ha contado– fue porque «me pareció la editorial más dinámica y progresista de todas, con gente (Carlos Barral, Gabriel Ferrater, Jaime Gil de Biedma, José María Castellet, Jaime Salinas, Joan Petit, Valverde, etc.) cuyo talante político y gustos literarios yo compartía». El origen de esta novela está en las cartas que le escribió desde Ceuta a su amiga María (el personaje de Tina es su trasunto), y Marsé pretendía plasmar el «callejón sin salida a que estuvo abocada cierta juventud de postguerra» (*El Pijoaparte y otras historias*, p. 49). A los de Seix Barral les interesó sobre todo lo que había en ella de introspectivo y decadente, de dejación vital, algo poco común en el entonces imperante realismo social. Nace así el ridículo «mito del escritor obrero», al que el autor contribuye lo menos posible... Leída hoy (Gonzalo Sobejano la ha analizado con precisión), nos interesa en especial la falta de inquietudes e ilusiones, y las extrañas relaciones que se crean entre Tina, Andrés y Martín, los jóvenes protagonistas. Podríamos definirlos, respectivamente, como abúlica, indiferente y sádico, y viven aburridos y amargados, únicamente interesados por ese «solo juguete» que aquí es el sexo. Entre ellos y sus padres, que han padecido la guerra, se abre por tanto un abismo insondable, resumido en la queja de Andrés: «Demasiados años lamentando lo que ya no tiene remedio, no quiero saber nada más, no deseo conocer más detalles, ni de un frente ni de otro. ¡Estoy harto!» (*Encerrados con un solo juguete*, p. 206).

Con motivo de la aparición de este primer libro, un jovencísimo periodista de veintiún años llamado Manuel Vázquez Montalbán le hace una entrevista para *Solidaridad Nacional*, diario del Movimiento en el que entonces hacía prácticas. El incipiente escritor declara, con suma parquedad, que trabaja desde las siete de la mañana hasta las tres de la tarde en un taller de joyería y que escribe por la tarde «para influir algo en los demás». Ese Juan Marsé de veintisiete años, que confiesa no saber gran cosa de literatura, tiene entonces como juguete una máquina de escribir.

A instancias de Carlos Barral, Castellet le consiguió, para ir a París con el fin de aprender francés y en el futuro ganarse la vida como traductor, una bolsa de viaje –mil francos nuevos– del Congreso para la Libertad de la Cultura, que presidía el poeta católico Pierre Emmanuel (hoy sabemos que era un organismo financiado por la CIA). En la capital francesa conoció a Jean Cassou, al galerista Paco Farreras, a Manuel Ballesteros, al traductor Maurice Coindreau y a todos aquellos que frecuentaban la tertulia de Manuel Tuñón de Lara, como Monique Lange, Juan Goytisolo, el pintor José Ortega y el crítico José Corrales Egea, autor con el tiempo de una disparatada reseña de *Últimas tardes con Teresa* (en los *Cuadernos del Ruedo Ibérico*, octubre-noviembre de 1966). Con José Martínez y las gentes de Ruedo Ibérico tuvo una especial relación, sobre todo a través de Antonio Pérez. Así, a comienzos de 1962, ambos se encargaron de seleccionar a los finalistas de los premios de poesía y novela que luego obtuvieron, respectivamente, Ángel González y Armando López Salinas.

En un segundo viaje a París, poco después, Antonio Pérez le encontró trabajo como «assistant animalier», esto es, como cuidador de cobayas en el Departamento de Bioquímica Celular del Instituto Pasteur, que dirigía a la sazón el futuro Premio Nobel Jacques Monod, para Marsé «un personaje absolutamente fascinante». Con el loable propósito de mejorar su economía, Marsé da clases de español a Pierre Emmanuel y a Teresa, la bella hija del pianista Robert Casadesús. Al mismo tiempo asiste a las sesiones de marxismo que imparte Jorge Semprún. En París se hace militante del PCE, «porque era el único que hacía algo contra Franco», aunque Marsé acabaría mal con el grupo parisino debido al puritanismo sexual de aquéllos. Así, le reprocharon que mantuviera relaciones con Arlette, una militante del Partido, casada, cuyo marido estaba en la guerra de Argelia (no es imposible que una frase de su primera novela aluda al episodio: «ellos allá, muriendo uno tras otro, y nosotros aquí, aprovechándonos de sus mujeres», p. 205). Por razones semejantes se separaría luego del PSUC, tras enterarse de que en 1958 no habían aceptado en sus filas a Jaime Gil de Biedma por ser homosexual. Sólo militó entre 1961 y 1967, y en los últimos años se ha definido políticamente como fronterizo y francotirador, «un *voyeur* del anarquismo»; o lo que es casi lo mismo, un escéptico con mentalidad de izquierdas. Ahí están, además, libros como *El embrujo de Shanghai*, que muy bien podría definirse como la novela del desengaño.

En junio de 1962 firma un contrato con Ediciones Ruedo Ibérico para escribir un libro sobre Andalucía, el primero de una serie de relatos de viajes por España, con el título de *Viaje al Sur*. El texto debía hacerlo en colaboración con Antonio Pérez, mientras que de las fotos se iba a encargar Alberto Vidal. Pero aunque hicieron el viaje y Marsé escribió el texto, los problemas económicos que solía tener la editorial motivaron que nunca llegara a publicarse. Y, de hecho, todavía hoy permanece inédito, y el original perdido.

Su empeño por abandonar el trabajo en el taller de joyería, lo que para los caballeros de Seix Barral supondría el fin del mito del «escritor obrero», lo lleva a concluir en los tres meses de verano de 1961, a la vuelta de su primer viaje a París, su segunda novela, *Esta cara de la luna* (1962), de la que nunca se sintió del todo satisfecho; de ahí que se haya negado a reeditarla. Esta experiencia le sirve para descubrir una verdad elemental: «en literatura no hay nada peor que la prisa». En esta obra insiste en la separación entre padres e hijos, representados aquéllos por una «generación de hamaca y balancín con fábrica al fondo», y éstos por Miguel Dot, un personaje que pasará de la oposición revolucionaria al cinismo más descorazonador, uno de esos falsos rebeldes que volveremos a encontrar en *Últimas tardes con Teresa*. El motivo de «la otra cara de la luna» lo utilizará Vázquez Montalbán en *Los mares del sur* (1979). Aquí, el sur puede ser un espacio de misterio, el envés, la otra cara de la luna.

Durante esos años piensa asimismo en dedicarse a traducir, lo que explica, por ejemplo, su versión del francés de *El pabellón de oro*, de Yukio Mishima. Pero, además, realiza otros trabajos para sobrevivir: redacta solapas de libros y colabora con una agencia de publicidad. De todas estas labores alimenticias de los primeros años sesenta, la que recuerda con mayor agrado es la colaboración con Juan García Hortelano, con quien redactó algunos diálogos de películas que luego dirigía Germán Lorente y que solían transcurrir en la Costa Brava, ninguna de ellas digna de mención.

Son también los años en que el sótano de Gil de Biedma en la calle Muntaner, «un sótano más negro / que mi reputación», se convierte en lugar asiduo de reunión para Barral, los hermanos Goytisolo y Ferrater, Jaime Salinas, Helena Valentí, Luis Marquesán, Salvador Clotas, Miguel Barceló... En esa época, con sus correspondientes noches de vino y rosas en las que intentaban apurar la vida, pasaban fines de semana juntos en Sitges o Calafell. «El último verano de nuestra juventud», como lo llamó Gil de Biedma, fue el de 1965 y transcurrió en la casa que la familia del poeta tenía en Nava de la Asunción, en la provincia de Segovia.

En 1963 Marsé responde a un cuestionario que Francisco Olmos García envía a varios escritores («La novela y los novelistas españoles de hoy», *Cuadernos Hispanoamericanos*, CXXIX, julio y agosto de 1963). Las preguntas eran las que inquietaban en aquellos momentos a gran parte de los escritores y críticos españoles de entonces, y tenían que ver con la supuesta misión del escritor y los servicios que debía prestar a los lectores con sus obras. Marsé contesta que su aspiración principal como novelista consiste en «describir la realidad sin falsearla», «defender alguna causa» y «dejar bien clara una denuncia de la sociedad española actual». Aunque reconoce que «el mérito del escritor está ... en lo puramente formal, en la eficacia de la exposición y en el logro artístico». Para acabar, el autor recuerda su origen obrero, si bien insiste en que no hay una influencia directa de ello en la elección de sus temas literarios, ni tampoco en la manera de tratarlos.

A finales de 1964, el entonces prestigioso entrevistador Manuel del Arco conversa con tres jóvenes prometedores. Junto a nuestro escritor aparecen Francisco de Carreras y Narciso Serra, luego catedrático de derecho y lúcido articulista en la prensa el primero, y ministro del gobierno socialista el segundo. Entre otras cuestiones les pregunta sobre el pasado, presente y futuro, sobre la universidad, sus inquietudes personales y los rumbos del país. Pero en una entrevista anterior, en 1960, celebrada con motivo de la aparición de *Encerrados con un solo juguete*, Del Arco había ido a entrevistarlo al taller de joyería y se mostró escéptico y mordaz, hasta el punto de que al final de la conversación comentó: «Por si acaso, no dejes las medallitas, chaval».

Caricatura de Manuel del Arco
(La Vanguardia, *31 de diciembre de 1964*).

Triunfo literario y derrota de Teresa

Durante estos años su vocación se decanta definitivamente por la escritura. Así, en el verano de 1965 concluye en Nava de la Asunción *Últimas tardes con Teresa* (1966), con la que por fin obtendría el prestigioso Premio Biblioteca Breve y el definitivo reconocimiento como escritor. La obra creció, según el propio autor, bajo la sombra protectora de varias novelas: *El rojo y el negro* de Stendhal, *La princesa Cassamassima* de Henry James, *El gran Gatsby* de Francis Scott Fitzgerald y *Lolita* y *Pálido fuego* de Vladimir Nabokov. Su origen, en cambio, se halla en la imagen de una verbena durante la noche de San Juan. En particular, se relatan en ella los delirios amorosos entre Teresa la fantástica, una niña bien de Barcelona, y Manolo el Pijoaparte, un atractivo charnego choricete, a quien la joven confunde con un obrero revolucionario. En este sorprendente equívoco se basa toda la narración, historia de dos mitos paralelos, pues ambos confunden a la persona con el personaje que se han inventado. Pero, además, es una novela paródica de la literatura social, de los libros de amores de verano y del activismo subversivo universitario protagonizado por algunos niños bien. (Según Joan de Sagarra, «Señoritos de mierda», *El País. Cataluña*, 13 de octubre del 2002, «son lejanas caricaturas de Ricardo Bofill, de Salvador Clotas, de Álvaro Rosal, de Luis Goytisolo...». Parece que el nombre de la protagonista proviene de Teresa Casadesús, la hija del pianista, aunque el personaje nada tenga que ver con la persona, sino que está inspirado —me cuenta Marsé— en una chica anónima del barrio y en un tipo de mujer habitual en la época, con rasgos de Helena Valentí —aquella que, según Vázquez Montalbán, solía decir que Marsé se parecía a Marcelo Mastroniani— y Rosa Regás.) Por último, es también una obra sobre la imposibilidad de ascender socialmente y la inoperancia del antifranquismo de salón de ciertos burguesitos catalanes.

Su siguiente novela, *La oscura historia de la prima Montse* (1970), un relato sobre diversas tomas de posición moral, no obtiene tanto éxito. En ella, el pariente pobre, mestizo y algo resentido, Paco Bodegas, y su prima y amante malcasada, Nuria Claramunt, evocan la vida de Montse, hermana de ésta, una joven desvalida que encarna a la perfección la inocencia, pues se ha creído –por «la monstruosa educación familiar recibida» (p. 307)– casi todo lo que le contaron sobre la existencia... Así, la novela es el recuerdo de una destrucción. En su desenlace llegamos a comprender por qué Montse se quitó la vida cuando vio que no se sostenía su ideal de ajustar la conducta a «aquel viejo sueño de integridad, de ofrecimiento total, de solidaridad o como quiera llamarse eso que la había mantenido en pie, con sus grandes ojos negros alucinados y el corazón palpitante, frente a miserables enfermos, presidiarios sin entrañas y huérfanos de profesión».

Lo que lleva a la pobre Montse a su desgraciado final es su deslumbramiento por el expresidiario Manuel, que no es otro que Manolo Reyes, el antes llamado Pijoaparte, quien sigue aspirando al bienestar burgués. Pero también la ya indicada desilusión que le produce la hipocresía de su familia burguesa. La diferencia fundamental con aquella narración de 1966 estriba en que si Teresa representaba la frivolidad, Montse Claramunt simboliza el prototipo de la entereza ante la adversidad, aunque es cierto que ambas padecen un «espejismo amoroso».

En resumidas cuentas, esta narración no debe dejar de leerse como una burla feroz de la hipócrita burguesía catalanista y católica («mandarines de la catalanidad», «benefactora y limosnera burguesía», los llama el autor), con su empalagosa caridad de catequesis, de la que el arribista Salvador Vilella es un buen paradigma. Pero donde quizás el sarcasmo alcance cotas más elevadas sea en la narración de la «terrible maquinaria» de los Cursillos de Cristiandad en Vic, en los capítulos 14-19, un claro injerto dentro de la novela (hasta el punto de que se han editado como volumen independiente

con el título de *Los misterios de colores*), así como en la parodia de las crónicas sociales sobre los bailes de debutantes
propias de la revista *¡Hola!*, en el capítulo 22.

Cuando a Marsé se le ha preguntado por sus personajes
femeninos (sólo hay que recordar la importancia que tienen
Tina, Teresa y Montse en las novelas recién comentadas), ha
respondido que sus protagonistas son muchachas que se ade-
lantan a su tiempo, por lo que la sociedad o la familia terminan pasándoles factura. Pueden tener en común, aclara,
«cierta romántica capacidad o voluntad de ensoñación, de
adecuar su ideal de la personalidad –reprimida por el entorno familiar y social, la educación recibida y la estrategia moral de una clase– a una realidad social anhelada por ellas, más
justa y más libre, pero que todavía no existe» (*El Pijoaparte y
otras historias*, p. 114).

Porque, ¿qué fue del Pijoaparte y de Teresa, tantos años
después, tal como le han preguntado a Marsé en numerosas
ocasiones? Tengo la impresión de que ésta fue de las pocas
cuestiones que complacieron a un autor tan poco aficionado a
hablar de sí mismo. Tan a menudo se lo debieron de pregun-
tar que en noviembre de 1990, cuando derribaron las últimas
barracas del Carmelo, escribió un artículo para *El País* relatando cómo Manolo Reyes seguía soñando con aquel verano,
recordando sus encuentros con Teresa, mientras los fantasio-
sos políticos locales hacían un postrer intento de integrar a todos los que eran como él. En efecto, ¿qué ha sido del personaje, tras su intervención más modesta en *La oscura historia de
la prima Montse*? Marsé ha dado varias respuestas, todas ellas
perfectamente verosímiles, aunque en esta novela, no se olvi-
de, enamora y deja embarazada a una de las hermanas Claramunt, mientras se acuesta con la otra: «le veo de jardinero en
una urbanización de ricos, en las afueras de la ciudad, gordo y
apacible, olvidados los sueños de juventud, casado con la co-
cinera de un conseller de la Generalitat y rodeado de nietos
vistiendo la camiseta del Barça». O en otra versión más re-
ciente se lo imagina como chófer de un conseller, a cuya mu-

jer, ni que decir tiene, complace... O con algo de tripa, guapetón aún, no corrupto pero aburrido, asqueado. Dueño de un bar, viviendo quizás en Nou Barris y con una mujer buena y gordita a su lado, que tiene los ojos azules como los de Teresa: una forma de mantener con vida su lejano sueño. Quizá sea ésta, no seamos ilusos, la más alta fortuna a que jamás pudo aspirar... ¿Y Teresa, qué fue de ella? También ha contestado Marsé a esta cuestión, no menos peliaguda: «debe ser la única que disfruta de la remodelación urbanística... en brazos de un arquitecto maduro y todavía progre», que bien pudiera ser el mismísimo Oriol Bohigas.

Muy pronto Marsé toma la decisión de no ganarse la vida sólo escribiendo novelas, entre otras razones porque se da cuenta de que al ritmo que trabaja eso no es posible. Y como tampoco le gustaba hacer vida de intelectual, es decir, dar conferencias o escribir artículos de opinión, opta por trabajar como periodista en diversas revistas. Así, durante los primeros setenta ejerce de redactor jefe por las tardes en la revista *Boccaccio*, que dirigía José Ilario.

En esos mismos años, y por encargo de Carlos Barral, publica dos libros para Difusora Internacional, una empresa vinculada a Seix Barral: *Imágenes y recuerdos. 1929-1940. La gran desilusión* (1971), e *Imágenes y recuerdos. 1939-1950. Años de penitencia* (1971), que acaban de ser reeditados en un único volumen, con el título de *La gran desilusión* (2004). En esta nueva salida se prescinde de una parte de las fotografías, con sus correspondientes pies, y de todos los textos seleccionados y sacados de la prensa. La serie estaba dirigida por Antonio Rabinad y los volúmenes llevaban un prólogo general de J.M. Carandell. Marsé figuraba como autor de los textos, de la selección de las citas y la documentación gráfica. Cada volumen repasaba una década del siglo XX, su historia, vivencias y recuerdos, e incluía un disco con canciones, voces históricas, himnos y marchas militares de la época. Del subtítulo del segundo, *Años de penitencia*, acabaría sirviéndose Carlos Barral para sus memorias.

Asimismo, durante estos años, colabora con Gil de Biedma en el guión de dos películas: *Libertad provisional* (1976),
de Roberto Bodegas, una historia algo pijoapartesca, y la anterior *Mi profesora particular* (1972), de Jaime Camino, que
en su origen se llamaba *Tocar el piano mata* (título que gustaba mucho a Marsé) y que resultó ser un fracaso, a pesar de
contar entre sus intérpretes con Joan Manuel Serrat y Ana-
lía Gadé. Son los años de la revista *Don*, una publicación que
dirigía Luis Marquesán y costeaban los pañeros de Sabadell,
en la que también colaboraron Gil de Biedma, Gabriel Ferrater y Carlos Barral.

La olla podrida de la memoria

Si te dicen que caí (1973) quizá sea su mejor novela, y probablemente una de las mejores españolas del siglo xx. Constituye el relato de la infancia, del recuerdo de lo que aquella
época fue en los barrios del autor. Como la obra se prohíbe
en España por la censura, aparece primero en México, donde obtuvo el Primer Premio Internacional de Novela. Utilizando distintas voces que se complementan y contradicen, se
narra en ella, entre la ternura y la crudeza, el pasado de Java,
Sarnita y los otros niños kabileños, quienes se cuentan aventis (historias, aventuras) para que se imponga «la verdad verdadera», mientras intentan sobrevivir en una complicada y
sórdida Barcelona recién salida de la guerra, en la que la corrupción campa por sus respetos.

Acaso sea en esta obra, como en ninguna otra de las suyas, donde puede observarse mejor de qué modo utiliza
Marsé la escenografía urbana. Al igual que ocurre en sus demás narraciones, el espacio es real, aunque no aparezca en la
realidad tal y como él nos lo presenta, pues el autor opta por
crear un «cóctel de barriadas», hasta formar, al fin y a la postre, un «barrio mental ... un compuesto flexible de la Salud,
el Carmelo, el Guinardó y Gracia». Lo cierto es que aquí nos

encontramos también con toda una serie de personajes, lugares y motivos omnipresentes en su literatura: las huérfanas de la Casa de Familia; Carmen Broto, la prostituta rubia platino asesinada, que también es Aurora y Menchu; las bandas de pistoleros anarquistas; la Capilla de las Ánimas y sus alrededores, donde los chicos juegan, torturan a las jóvenes y se cuentan aventis; la fiesta mayor del barrio; las funciones de Els Pastorets.

En 1974 empieza a trabajar como redactor jefe en *Por favor*, una beligerante revista de humor. Para Marsé, aunque éste fuera un trabajo alimenticio (para tener una mensualidad fija, comenta él), fue «una época divertidísima», porque era una publicación hecha por amigos. Entre ellos se hizo célebre entonces una frase que luego dio bastante juego en sus obras literarias: «la vida no es como la esperábamos...». La dirigía Perich, y entre sus colaboradores se contaban Antonio Álvarez Solís, Manuel Vázquez Montalbán (con quien Marsé hacía la sección «Polvo de estrellas»), Maruja Torres, Forges, Máximo, Guillén, Romeu o la pareja Josep Ramoneda y José Martí Gómez. La revista tuvo tanto éxito que, a pesar de no conseguir publicidad, lo que a la larga les acarrearía problemas, llegó a vender entre cuarenta y cincuenta mil ejemplares. De aquí surgieron diversos proyectos editoriales, como la llamada *Historia de España (vista con buenos ojos)* (1974), en la que Marsé figuraba como «director de publicaciones». En las dos primeras entregas escribió la sección «Damas y caballeros», comentando ilustraciones de Guillén y Nuria Pompeia, pero luego no tendría continuación.

También la censura les proporcionaría algún quebradero de cabeza; no en vano hacían un humor con trasfondo político, por lo que tuvieron que visitar al juez con cierta frecuencia, siendo incluso suspendida la publicación en dos ocasiones. Así, por ejemplo, Vázquez Montalbán y él fueron procesados por una irreverente versión del cuento de Caperucita Roja y el lobo, en la que aquélla se llevaba a éste a la cama (la historia se relata, con pormenores, en la entrevista a José Martí Gómez citada en la bibliografía final).

Los trabajos que Marsé escribió para la revista los recogería en *Confidencias de un chorizo* (1977) y *Señoras y señores* (1975 y 1977, 1988). Este último título, en realidad, se componía de dos volúmenes distintos, formados por retratos «morales» realizados a partir de la descripción de los rasgos físicos de los personajes, adobados con un gran sentido del humor, sin que faltase a veces su vitriólica ironía. La edición de 1988 recogía sus colaboraciones durante el año anterior en el diario *El País*, donde resucitó la sección. Años después, Javier Marías utilizaría una técnica similar para componer esos retratos literarios que ha dado en llamar *Miramientos*.

En 1977 publica en la revista *Bazaar* el cuento «Parabellum», en el que relata en síntesis lo que sería su próxima novela, *La muchacha de las bragas de oro*. Con ella obtiene, en 1978, el Premio Planeta (el año anterior lo había conseguido Jorge Semprún y el siguiente sería para Vázquez Montalbán). En esta novela se produce, en suma, una confrontación entre los valores tradicionales del escritor y exfalangista Luys Forest y los modernos de su joven sobrina Mariana. (El personaje, su nombre y características, se compone de diversos ingredientes, algunos de los cuales –tratados con cierta ironía– provienen de la realidad, de los intelectuales falangistas del franquismo. Por ejemplo, el nombre, con la y, está inspirado en el escritor Luys Santa Marina, y –en cambio– sus modos de vestir y caminar por la playa de Calafell son los de Carlos Barral.) En realidad, la novela trata –lo ha explicado muy bien José-Carlos Mainer– de las culpas contraídas durante la guerra civil y la postguerra. Y, sin embargo, el autor no duda en utilizar a este escritor falangista para reflexionar sobre el oficio, sobre cómo convertir la realidad en ficción manejando verdades y mentiras. La novela puede leerse también como una respuesta a *Descargo de conciencia* (1976), célebres memorias de Pedro Laín Entralgo en las que se presenta como un intelectual franquista arrepentido. La obra, si no le proporcionó más gloria literaria, le solucionó al menos algunos apuros económicos, permitiéndole, además, dedicarse a escribir con tranquilidad la que sería su siguiente novela.

En *Un día volveré* (1982) se narra la vuelta a la casa y al barrio en que vivió del pistolero Jan Julivert Mon, quien tras pasar doce años en la cárcel desea recobrar el amor de su cuñada y llevar una existencia más plácida. Pero este hombre derrotado, que ha ido perdiendo sus antiguas inquietudes políticas, debe enfrentarse al personaje mitificado en que lo han convertido, quienes durante su ausencia esperaban de él una conducta heroica. Frente a la complejidad estructural de *Si te dicen que caí*, ésta es una novela lineal que muestra el mundo del barrio desde los ojos de Néstor, un adolescente: la vida de la pequeña burguesía degradada por los efectos de la represión de la postguerra. Lo que se presenta, en contraste, son las esperanzas de diversos personajes y aquello en lo que la realidad las ha acabado convirtiendo. Así, Jan Julivert quiere olvidar su pasado y vivir tranquilo, mientras que su sobrino Néstor espera un acto heroico de su parte, una venganza ejemplar que restituya el equilibrio perdido. En realidad, lo que esta melancólica novela relata son las esperanzas de estas gentes en 1959, fecha en que transcurre la acción.

A finales de agosto de 1984, mientras jugaba una partida de ping-pong durante sus vacaciones en L'Arboç, Marsé sufre un infarto. Desde entonces no fuma, bebe con prudencia, sigue una dieta controlada e intenta llevar una vida tranquila... Un poco después, en 1986, aparece su único libro de cuentos, *Teniente Bravo*. La pieza que da título al volumen, la más sobresaliente del conjunto, se inspira en un hecho real que vivió durante su servicio militar en Ceuta y que estuvo relatando largos años a sus amigos hasta cerciorarse de que la narración había adquirido el ritmo, la intriga y los matices necesarios para poder ser transcrita. En este grotesco episodio, un teniente tan loco como soberbio se empecina infructuosamente en saltar el potro ante la tropa. El cuento, que baraja humor y patetismo, puede leerse asimismo de manera alegórica; Cecilio Alonso lo ha explicado muy bien como «la descomposición de unas formas épicas del poder y del dominio social que marcaron negativamente la vida española desde 1939».

«El fantasma del cine Roxy», un homenaje al cine preferido por el autor, se basa en una anécdota real, el diálogo entre un director de cine y un guionista que lo critica, sin duda alguna el mismo Marsé. A este relato le dedicaría Serrat una canción que lleva el mismo título. Por su parte, «Noches de Bocaccio» constituye una burla del esnobismo, de la tonta frivolidad y del vanguardismo papanatas de las gentes de la llamada *gauche divine*.

«Historia de detectives», el otro cuento destacable del volumen, arranca con una cita del *Libro del desasosiego*, de Fernando Pessoa, que bien puede valer como resumen argumental no sólo de esta narración sino de una buena parte de la obra de Marsé. Dice así: «como los niños pobres que juegan a ser felices». No en vano esta pieza podría haberse desgajado perfectamente de *Si te dicen que caí* o de la misma *Ronda del Guinardó*, sin que ello signifique poner en duda su valor como cuento. En este relato, Mingo Roca recuerda un episodio de su infancia, junto a aquella pandilla de *trinxas* encabezada por Juanito Marés, cuando jugaban a detectives y espías, por lo que perseguían a la gente –como en *La ciudad desnuda* (1948), la película de Jules Dassin– para luego contarse lo que les había sucedido junto con aquello que les hubiera gustado que les ocurriera. Pero sobre todo se relata, al fin y a la postre, la historia del ahorcado de la calle Legalidad, sus celos, el amor por su mujer..., las penurias y el dolor sin fin de la postguerra.

Con *El amante bilingüe* obtiene en 1990 el Premio Ateneo de Sevilla, de la editorial Planeta. Como ha visto con acierto Rafael Conte en la reseña que publicó en *ABC*, en un momento en que el mercado maneja, y condiciona a su antojo, a tantos escritores, tal vez Marsé represente quien mejor haya sabido servirse de él, sin tener que dejar de hacer las

obras que realmente ha querido y necesitado. Éste es un sar-
cástico relato en el que, tras la soterrada burla de la política
nacionalista imperante en Cataluña, se plantea la imposibilidad de llegar a ser feliz sin enmascararse. Más en concreto,
se cuenta en primera persona, diez años después de transcu-
rridos los hechos, lo que tiene que hacer un catalán de origen
humilde, e incluso folletinesco, para reconquistar a su exmu-
jer, Norma Valentí, una burguesa catalana que padece una
curiosa inclinación sexual por los charnegos más característicos, tan atractivos como primarios. La novela es, en realidad, la historia de un fracaso, pero también una burla de la
política lingüística de la Generalitat llevada a cabo durante el
mandato de Convergència i Unió. El deterioro del emblemático edificio Walden 7, de Ricardo Bofill, financiado por
la Banca Catalana de Jordi Pujol, en donde reside el protagonista, funciona como símbolo de la degradación de la existencia del personaje, aparte de como parodia de ciertos delirios intelectuales herederos del 68. Una vez más, la anécdota
que le sirve de punto de partida tiene un origen real: se la
contó una amiga psicóloga que tuvo como paciente al hijo de
una familia burguesa catalana, a quien le dio por vestirse y
hablar como un charnego... Pero, sobre todo, la novela, cuya
trama está compuesta con un gran distanciamiento, está llena de humor, siempre teñido de una lúcida mala leche que le
permite plantear sin ambages una cuestión silenciada por la
sociedad catalana. Quizá, como él mismo ha reconocido en
una entrevista a Beatriz Pottecher (véase la bibliografía final), satirice algunos aspectos de ese tipo de vida porque la
ama profundamente.

En busca de la verdad verdadera...

El embrujo de Shanghai (1994) fue una novela afortunada
pues obtuvo el reconocimiento dentro y fuera de España: el
Premio de la Crítica y el Aristeion Europeo de Novela, cuya

edición anterior había conseguido Vázquez Montalbán con *Galíndez* (este premio, que convoca la Unión Europea, lo habían obtenido el escritor francés Jean Echenoz, el italiano Mario Luzi y el holandés Cees Nooteboom; formaba parte del jurado en esta ocasión Miguel García-Posada). Marsé cuenta ahora una historia de traiciones y desengaños, de «cómo los sueños juveniles se corrompen en boca de los adultos», según se afirma en el arranque de la novela. Asimismo, debe relacionarse con la primera obra del autor, tanto por su esquema compositivo general como por el espacio en que transcurre gran parte de la acción, la torre de Anita y Susana, aunque esté situada en la calle Camelias en lugar de en la del Laurel. Por lo demás, el añorado progenitor de aquella primera novela aparece finalmente en Shanghai, como el ingeniero Esteban Climent Comas.

En el relato se alternan dos tramas argumentales: la primera transcurre en una Barcelona gris, en los últimos años cuarenta, mientras que la segunda se desarrolla por un lado en el exilio penoso y oscuro de los luchadores antifranquistas, en Toulouse, sin duda mitificado por los republicanos que se quedaron en España, y por otro en el exilio fabuloso, de película, de la lejana Shanghai de 1948, durante las vísperas de la victoria comunista de Mao. Si el primer exilio se presenta como un mundo real, el segundo resulta ser inventado. Así, Nandu Forcat evoca para los jóvenes Dani y Susana, como si les contara una aventi china, las peripecias de Kim, el padre de la joven, en la exótica ciudad. Según Marsé, la infancia sería el único territorio donde tienen cabida la esperanza, la ilusión y los sueños. Por su parte, Daniel (quien posee mucho del niño que fue Marsé) recuerda su infancia desde el presente, los paseos con el esperpéntico capitán Blay en busca de firmas mediante las cuales denunciar la «contaminación» del barrio, además de las tardes que pasó con Susana, la niña tísica, y cómo lograron sobrevivir en una triste postguerra al calor de los relatos de Forcat sobre las andanzas de Kim en Shanghai.

Gracias a la que de momento es su última novela, *Rabos de lagartija* (2000), Marsé ha vuelto a obtener el Premio de la Crítica, y también el Premio Nacional de Narrativa. Los protagonistas de esta obra son la familia Bartra, la madre embarazada y el hijo, Rosa la pelirroja y David; pero también Víctor, el padre huido; Juan, el hermano mayor muerto; y el pequeño Víctor, quien recuerda los hechos años después, por medio de lo que le han contado y él se imagina.

La peripecia central es producto del «funesto combate» que se nombra en la novela y se genera por el enfrentamiento de dos deseos contrapuestos: el del inspector Galván, colado por la pelirroja, a la que quiere conquistar mientras ella se deja querer, y el de David, quien se empeña en desenmascararlo para desacreditarlo ante su madre. La novela podría leerse, por tanto, como el desarrollo de las artimañas del joven a fin de que su madre no se encandile con un policía bien parecido, quien se muestra solícito y los ayuda, aunque al fin y a la postre representa el régimen represor, pues sólo les muestra su mejor cara.

La acción empieza en 1945 con el bombardeo de Hiroshima —el año de la «bomba atomicia», como la llama la abuela Tecla— y acaba en 1951, coincidiendo con la huelga de tranvías en Barcelona y la muerte de David, una vez éste ha asumido la verdad, tras pasar a la acción e intentar defenderla con su cámara de fotos, la única y mejor arma que posee. Casi toda la trama transcurre en la casa de la familia, un consultorio médico realquilado cercano a un barranco. Desde allí se evoca la trayectoria del padre, un resistente convertido en fantasma que se arrastra con el culo ensangrentado, la del doctor libertario P.J. Rosón-Ansio y también los avatares del moribundo perro Chispa. Pero las historias se gestan en el toma y daca constante, lleno de ironía y sarcasmo, que David mantiene sucesivamente con su padre, con sus hermanos Víctor y Juan, con el piloto derribado de la RAF, con el policía, al que le toma el pelo siempre que puede, con su amigo Paulino Bardolet, Pauli, un gordito ho-

Caricatura de Miquel Ferreres
(La Vanguardia, *28 de mayo de 1993*).

mosexual que tiene almorranas y del que abusa su tío, y por fin con la abuela Tecla.

Así, la historia narrada por Víctor cuando ya es maduro y padece malformaciones por su nacimiento prematuro, se articula mediante los recuerdos de unos seres que ya han muerto, aparte de con lo que le han contado su prima Fátima y su hermano David, tan aficionado a mezclar realidad y ficción, sin que escaseen en su relato la sátira de un mundo terrible ni tampoco el humor y la ternura. Cuando concluye, sólo han sobrevivido el policía, quien se encuentra en un lamentable estado de degradación personal, y Paulino, recluido en el siniestro Asilo Durán tras intentar matar a su tío.

En resumidas cuentas, en estos últimos años, después de una dilatada y ambiciosa trayectoria como narrador, sus obras han empezado a ser reconocidas con premios tan prestigiosos como el Juan Rulfo de 1997 por el conjunto de su literatura, el Premio Internacional Unión Latina 1998, concedido en Roma por su «independencia intelectual y moral», y el Premio Extremadura a la Creación 2004 por toda su trayectoria como escritor. (Una buena prueba de la importancia de estos reconocimientos es la relación de los anteriores ganadores. Así, el premio mexicano lo habían obtenido Nicanor Parra, Juan José Arreola, Eliseo Diego, Julio Ramón Ribeyro, Nélida Piñón y Augusto Monterroso; y el romano Juan Carlos Onetti y Gonzalo Torrente Ballester.)

Los últimos libros publicados por Marsé están dedicados al cine, su otra gran pasión y una de sus más viejas aficiones, con omnipresente protagonismo en la obra literaria del autor. Así, en *Un paseo por las estrellas* (2001) recoge artículos sobre actores de cine publicados en *El País* en 1996, mientras que en *Momentos inolvidables del cine* (2004) recrea noventa y nueve escenas de otras tantas películas favoritas, desde *Nosferatu, el vampiro* (1922), de F.W. Murnau, a *Bailando en la oscuridad* (2000), de Lars von Trier.

Si algo ha destacado la crítica y aprecian los lectores de Juan Marsé es la adecuación de su estilo al mundo narrado;

su innegable habilidad, sobre todo a partir de ese gran equívoco que es *Últimas tardes con Teresa*, para dar con un tono capaz de mostrar a la perfección los conflictos que se generan en el penoso mundo de los primeros años de la postguerra, en unos barrios concretos de Barcelona. De este modo, en un país en el que se optó por olvidar el franquismo, Marsé se ha nutrido precisamente de esos materiales de derribo que han ido alimentado su memoria, desechos de una sociedad que se creyó impoluta pero que resultó esconder la basura bajo la alfombra. En consecuencia, puede decirse que sus historias, una combinación feliz de imaginación y memoria a partes iguales, infalibles a la hora de hechizar al lector, constituyen la mejor manera de combatir «la olla podrida del olvido», para decirlo con una frase de *Un día volveré*, es decir, de mantener el dedo en el gatillo de la memoria.

Así pues, en su caso, la novela no pretende ser un arte de lo que fue, sino de lo que pudo haber sido. De ahí que sus personajes y su mundo sean los propios de la durísima postguerra española, con los barrios de su infancia, la niñas bien de la burguesía, el proletariado, la oposición clandestina... Los vencidos, en suma. Un espacio fijado en el tiempo por esa ficción que es siempre la memoria.

Una parte importante del oxígeno de sus mejores páginas suele proceder del humor, que, como ha quedado señalado, siempre acostumbra a enriquecer con la ironía y el sarcasmo. Quizá por ello, el humor que prefiere Marsé provenga de una cierta dosis de mala leche, de aquella sana indignación que produce lo injusto o arbitrario. El humor constituye, en definitiva, la mejor «estrategia para hacer más soportable la verdad», «la expresión más noble de la verdad», como ha dicho en una entrevista con Juan Cruz (véase, abajo, la bibliografía). Su más frecuente veta es la tragicómica, la cual tal vez alcance su cumbre mayor en el cuento «Teniente Bravo». Pero también el humor puede ser en ocasiones una defensa, y de este modo lo utiliza David en *Rabos de lagartija* para con el enamorado y complaciente inspector Galván.

Así las cosas, parece que Marsé se haya pasado la vida soportando con cachazuda paciencia algún que otro sambenito, o bien intentando aclarar este o aquel malentendido. Primero, Carlos Barral y compañía se empeñaron en que fuera la quintaesencia del escritor obrero, aunque él nunca estuviera por una labor que quizá le iba a proporcionar réditos a corto plazo pero que, a la larga, lo hubiera condenado sin duda al olvido, como a tantos otros que se apuntaron a aquella ocasional estética. Después, por esas tontunas que fomentan algunos periodistas, trataron de convertirlo en un intelectual dispuesto a opinar sobre todo aquello que se cocía en la sociedad, cuando Marsé sólo aspiraba a ser un seductor, o lo que para él es igual, un contador de aventis, un narrador intuitivo capaz de conmover y entretener a los lectores con unas historias que en el fondo, enmascaradas en mayor o menor medida, él mismo había vivido. Sin embargo, a lo que en verdad aspiraba era a convertirse en uno de aquellos narradores que parten de imágenes, no de ideas, pues éstas son, como le gusta advertir, lo primero que se pudre en una novela; en un autor de la estirpe, en suma, de quienes escriben más con el corazón que con el intelecto, como Stevenson («*La isla del tesoro* es una obra maestra», ha escrito), Dickens y Stendhal, a quien siempre ha envidiado su Julian Sorel, alguien cuya vida no le hubiera importado tener. Y por último le cayó el sambenito de ser un «escritor de raza». El caso, según parece, estriba en añadirle alguna coletilla para escamotearle siempre su natural condición de escritor, de auténtico narrador a secas.

Que la vida no es como la esperábamos ya lo mostró Chejov con absoluta lucidez. Años después, Elias Canetti nos recordó lo poco que suele quedar de cuanto soñamos, aunque pese lo suyo... De hecho, éstas son también las lecciones de Marsé, pues los sueños juveniles se corrompen con la llegada de la madurez y la vida; lo dijo Gil de Biedma: casi nunca resulta tal y como la esperábamos. En definitiva, el escritor Marsé nos ha dejado unas cuantas narraciones memorables que a estas alturas no parece fácil cuestionar. Así, *Últimas tardes con Teresa*, *Si te dicen que caí*, «Teniente Bravo» e «Historia de detectives», *Ronda del Guinardó*, *El embrujo de Shanghai* y *Rabos de lagartija*; junto con otros tantos personajes inolvidables, como esa dorada Teresa que va y viene sin cesar, o el iluso arribista Manolo Reyes, el Pijoaparte, o tal vez ese «luchador que ha dejado de luchar» que es Jan Julivert Mon, o Java, Sarnita y Aurora/Ramona, o incluso la prima Montse, o aquel otro personaje bajito, moreno, de pelo rizado, que siempre anda enredando entre las chicas... Todo ese mundo de memoria e imaginación desatada lo ha levantado un individuo que se retrata a sí mismo como «bajo, poco hablador, taciturno y burlón», un escritor que, en un país en el que cada vez hay más gente con deseos de formar parte del rebaño, ha sido capaz de mantener una voz propia, discordante, ajena a las componendas y parabienes del poder, ya sea éste local, autonómico o nacional.

UNA JORNADA PARTICULAR EN LA RONDA DEL GUINARDÓ

En 1984, tras la aparición de *Un día volveré*, Marsé publica una novela corta, *Ronda del Guinardó*, pequeña pieza maestra con la que luego obtendría el premio Ciudad de Barcelona. Se trata de otra de aquellas narraciones en las que el autor recrea el mundo de su propio barrio durante la primera década de la postguerra, un microcosmos que ha utilizado a menudo para contar historias capaces de proporcionarnos la temperatura en que se encuentra el conjunto del país. Aquí están el espacio y el mundo literario que mejor ha sabido contar el autor, el de *Si te dicen que caí*, *Un día volveré*, «Historia de detectives», *El embrujo de Shanghai* y *Rabos de lagartija*, obras con las cuales Marsé se ha afanado en mostrar el «paisaje moral» de su infancia, quizá para compensar —como señala el narrador de su novela de 1993— esa tendencia vigen-

te a despojar de sentido el pasado y el futuro, sustituyéndo-
los por el infatigable afán del día a día.

La narrativa es para Marsé —lo ha recordado José-Carlos
Mainer— un arte de la memoria. Así, en *La oscura historia de
la prima Montse*, Paco Bodegas afirma: «La memoria lo es
todo para mí. Tanto recuerdas, tanto vales» (p. 37); esto es,
resulta la mejor manera de rescatar el pasado, de reinventar-
lo para que se ajuste a la verdad, aquella «verdad verdadera»
con la que se ejercitaban los kabileños contándose sugerentes aventis.

Marsé escribió el libro en seis meses, muy rápido consi-
derando lo que suele ser habitual en él, al desgajarse el personaje de Rosita de otra novela que no había logrado cuajar.
La obra tiene su origen en una estampa que se grabó en la
memoria del autor en la primavera de 1945 (según contó en
un artículo para *El Sol* el 5 de octubre de 1990): «una adolescente, huérfana y recogida en la Casa de Familia de la calle
Verdi, recorre las calles del barrio con una capillita portátil
de la Virgen de Montserrat apoyada en su cadera y mordisqueando una zanahoria». Los cuarenta fueron para Marsé
«años apestosos», los de la «ciudad postrada». Durante la escritura de este relato —se lo confiesa en una entrevista a
Agustín Gutiérrez Pérez— tuvo muy presente la obra de Hemingway, sobre todo el relato «La vida breve de Francis Ma-
comber» y la novela *Al otro lado del río y entre los árboles* (1950).
El caso es que en estos años le interesó mucho la obra del escritor norteamericano, en especial los cuentos y la novela *Las
nieves del Kilimanjaro*, hasta el punto de confesar que si se
hizo escritor fue por la fascinación que sintió ante el arranque de esta novela.

Hasta poco antes de aparecer publicada, Marsé estuvo ba-
rajando otro título, *Rosita y el cadáver*, que con buen criterio
terminó sustituyendo por el actual. (Con todo, el autor me comenta que fue Mario Lacruz, editor entonces en Seix Barral,
quien lo convenció para que cambiara el título y que siempre
se ha arrepentido.) No en vano, además de ocuparse el libro

del asunto del cuerpo sin identificar, también trata acerca de la idea que le ronda al inspector de pegarse un tiro en la cabeza, como un modo de poner fin a su incómoda existencia y a su insatisfacción presente. Este otro significado –el inspector como cadáver ambulante– quedaba perfectamente recogido en el título inicial de la obra. Sea como fuere, lo que se narra en primer término es el recorrido físico de los protagonistas, la ronda de Rosita y el inspector por la barriada del Guinardó. Es posible que el título, y en cierta forma el sentido del texto, contenga ecos de la película de Max Ophüls *La ronda* (1950), basada en la homóloga pieza de teatro de Arthur Schnitzler, escrita en 1900 y estrenada veinte años después. De este modo, mientras la acción de *La ronda* transcurre en Viena y se cuentan diversas historias de amor, con continuos cambios de pareja, en los que participan distintas clases sociales, en la novela de Marsé la ronda no es tanto de amor y placer como sobre todo de miseria, dolor y sordidez, un componente que tampoco escasea en la obra del escritor austriaco.

Si en cambio nos ceñimos a la geografía real, hoy en día existe en Barcelona una Ronda del Guinardó, continuación de la Travesera de Dalt, que envuelve lo que fuera casi toda la geografía literaria de Marsé. Claro que en el momento en que tiene lugar la acción no existía tal camino de ronda. En resumidas cuentas, la geografía, los personajes, los símbolos, el mundo literario, la temperatura moral y el estilo de *Ronda del Guinardó* son los habituales en Marsé, dentro de ese conjunto de obras citadas, si bien las dimensiones del relato, la depuración de elementos y su singular estructura, el recorrido mismo por el Guinardó, la convierten en peculiar.

La media distancia de la novela corta

La novela corta en España, lo mismo que le ha ocurrido al resto de los géneros narrativos breves, aunque en distinta proporción, ha tenido una trayectoria guadianesca e insuficientemente conocida, y conforme nos acercamos al presente estas carencias se han vuelto más evidentes. No podemos remontarnos ahora a Clarín o a Gabriel Miró, ni siquiera a los autores del mediosiglo, como Juan Benet o Carmen Martín Gaite, pero sí parece obligado recordar el interés que en las últimas décadas han mostrado por el género dos de sus mejores cultivadores recientes, como son Luis Mateo Díez (*Apócrifo del clavel y la espina*, 1977; *La mirada del alma*, 1997; *El diablo meridiano*, 2001; *El eco de las bodas*, 2003) y José María Merino (*Cuatro nocturnos*, 1999), quienes incluso en estos últimos años han dirigido una colección dedicada a la novela corta. Dentro de este contexto de renovado interés por la atípica distancia que la caracteriza, debe entenderse la obra de Marsé.

Podría decirse que esta novela corta del autor, en la media distancia en que se desenvuelve, tiene algo de la intensidad, concisión y redondez del cuento, sin que por ello carezca de ese carácter expansivo que también suele definir a la novela. La misma historia que se narra, la de una joven que debe ir a reconocer el cadáver de quien parece ser que fue su violador, exige altas dosis de contención. La chica, como parece lógico, no tiene ningún interés en la visita, pero el inspector le insiste, por lo que comprende que tarde o temprano tendrá que cumplir con su obligación. De este modo, el empeño en retrasar el encuentro es necesario para que recorramos el barrio junto a ellos, pero también para recordarnos el pasado represor del inspector (a quien apodaban Estómago de Hierro) y las dolencias que padece desde antiguo, así como la incipiente prostitución de la huérfana, quien, pese a todo, sigue manteniendo ciertas dosis de ingenuidad y candor. Aunque *Ronda del Guinardó* tenga el mismo número de capítulos, nueve, que *El embrujo de Shanghai*, esta última novela no sólo posee una dimensión mayor, debido a que los capítulos se subdividen a su vez en varios apartados más, sino que admitirían incluso una ampliación sin que se resintiera el conjunto, como de hecho ocurrió en posteriores ediciones.

Por el contrario, en *Ronda del Guinardó* la acción se concentra en dos únicos personajes, y más allá de que sus peripecias sean diversas el episodio es uno solo, y también lo es el objetivo final de la pareja protagonista. De igual modo, el espacio es único, un barrio de Barcelona, si bien el desenlace los traslada en metro fuera de ese entorno, al Hospital Clínico. Goethe comenta en sus *Conversaciones con Eckermann* que uno de los rasgos característicos de la *nouvelle* estriba en que se ocupa de un momento decisivo de la vida de los personajes. En este sentido, Marsé concentra la acción durante la segunda parte del día en que llega la noticia de la capitulación de Alemania, una jornada importante también en las vidas de los dos protagonistas. En fin, no se trata de forzar la explicación, sino de destacar más bien unas peculiaridades genéricas que por lo general han pasado inadvertidas.

Asimismo, no sé si por costumbre, simple pereza o razones estrictamente comerciales, en la cubierta de la primera edición de Seix Barral la obra venía subtitulada como «novela», a diferencia de la portada. En la edición de Lumen, en cambio, se la llama «relato breve» en el comentario de la contracubierta. José-Carlos Mainer, en la que seguramente fue la más acertada reseña que tuvo la pieza de Marsé, llamó la atención con cierta cautela sobre lo que la obra tenía de «novela corta». Veamos lo que comentaron otros críticos, aunque quizá por falta de espacio muy pocos se plantean la cuestión del género: Santos Alonso la llama «novela corta» y la relaciona, por su dimensión, con *Crónica de una muerte anunciada* de García Márquez; Miguel García-Posada la considera también «novela corta»; Luis Blanco Vila la denomina «novela corta», pero luego se olvida y la deja en «novela»; el reseñador de *La Voz de Galicia* (cuyo nombre desconozco) también la llama «novela corta»; Rafael Conte, en las primeras líneas de su reseña, la motea de «novela», de «breve narración» y «relato breve», si bien más adelante de «breve novela»; José Luis Martín Nogales la llama primero «novela», después «relato corto» y finalmente «novela corta»;

para Ernesto Ayala-Dip es una «novela breve», pero también una «novela», y se inventa la tradición de las que él llama «novelas de cien páginas», que debe de ser aquella que suele denominarse −críticos literarios aparte, claro está− *nouvelle* o novela corta; Lorenzo Aguilar Pérez se refiere a ella como un «relato corto»; Alex Susanna como «relato» y «breve novela»; Cristóbal Sarrias como «novela muy corta» y como «breve novela»; y el reseñador del *Heraldo de Aragón* (siento no disponer de su nombre) la califica de «novela negra». Así pues, a casi todos los críticos les llamaron la atención las peculiares dimensiones del volumen, pero no creyeron oportuno dedicarle más comentarios. Por tanto, se tiene la sensación de que la novela corta constituye una distancia incómoda, hasta el punto de que para evitar el término, algunos críticos llegan a hacer todo tipo de piruetas, sin importarles siquiera la invención de conceptos inexistentes o poco afortunados. El resto de los reseñadores que se ocuparon de la obra, o bien no se refieren al género y dan por hecho que es una novela, o bien la califican simplemente de «novela». He dejado para el final las opiniones del autor (en entrevista con José Guerrero Martín), aun cuando es muy probable que sea el narrador menos aficionado a la explicación teórica de toda la historia de la literatura española: «Lo mejor −apunta− es contar la historia lo más breve posible y bien. Yo no me propuse *a priori* hacer una novela corta, cada tema exige un desarrollo y una largura. Le di la forma que me pareció adecuada». Al fin y a la postre lo realmente importante es el resultado, si el autor ha sabido acertar con la distancia adecuada para contar lo que quería.

En esta ocasión se vale Marsé de apenas dos personajes con el propósito de mostrar ese pequeño mundo de la Barcelona de los primeros años de postguerra, las secuelas de la guerra civil. La chica protagonista, Rosita, se define como «una pobre huérfana que está sola en el mundo» (p. 175), tiene casi catorce años y vive recogida en un orfanato, llamado Casa de Familia. Dos años antes, durante una noche borrascosa, fue violada por un desconocido, un perdulario, en un descampado de la calle Cerdeña, donde solía detenerse a conversar con otros chicos o con vagabundos amigos. Por su parte, el innominado inspector se describe en el primer capítulo de la novela como «un hombre corpulento y de caderas fofas, sanguíneo, cargado de hombros y con la cabeza vencida levemente hacia atrás en un gesto de dolorido desdén, como si lo aquejara una torcedura en el cogote o una flojera» (p. 104). Así, cuando arranca la narración, parece ser que la policía ha dado con el culpable, pero está muerto y esperan que la chica identifique el cadáver para archivar el caso.

La acción transcurre a lo largo de medio día, entre las cuatro de la tarde y las once o doce de la noche del martes 8 de mayo de 1945, en el mes de María, como se recuerda en el texto. El día anterior, la Alemania nacionalsocialista había capitulado, con lo que renacían las esperanzas de los vencidos en la guerra civil («había conatos de huelga y un alegre trajín de hojas clandestinas», p. 126), que confiaban en la ayuda de los aliados para acabar con el régimen impuesto por Franco. Aquellos días de 1945 eran de incertidumbre en todo el mundo. En Barcelona no sólo se repartían octavillas clandestinas, sino que la policía se mantenía alerta, de modo que había una especial actividad en las comisarías (también en *Rabos de lagartija*, tras la caída al mar de un bombardero, junto a Mataró, la gente se interroga sobre si «¿será que los aliados están llegando, será que le vamos a dar la vuelta a la tortilla?», p. 126). Los antifranquistas se preguntaban por aquel entonces si los vencedores en la segunda guerra mundial iban a permitir que un país europeo conservase un gobierno totalitario. El resultado de todo ello fue el aislamiento de España, aunque en 1953 el anticomunismo de Estados Unidos y del régimen de Franco propició un pacto militar que nos abriría las puertas de los organismos internacionales y el reconocimiento diplomático de la mayoría de los países.

En Cataluña, la guerra civil había tenido unos rasgos peculiares. El nacionalismo catalán, con la excepción del más moderado, había apoyado la República. Las clases medias acomodadas que por su extracción social podían ser consideradas gente de orden, estuvieron en general en contra de los sublevados, de ahí que se les considerara enemigos de un régimen en el que los términos *rojo* y *separatista* aparecían a menudo unidos, cuando no como sinónimos. En el capítulo cuarto se cuenta, en este mismo sentido, la celebración de la derrota alemana por parte de las familias católicas y catalanistas como, por ejemplo, los Planasdemunt, en cuyas torres sirve Rosita.

A diferencia de otras barriadas de la ciudad, socialmente más homogéneas, en el Guinardó («maldito barrio de sube y baja y escóñate», se queja el inspector, p. 187) las torres de los burgueses «se caen de viejas» (p. 174) y se entremezclan con los modestos comercios y las viviendas humildes de los emigrantes, sobre todo murcianos y andaluces. Este ambiente se muestra con un cierto detalle durante el recorrido de los protagonistas. En consecuencia, es necesario no perder de vista este marco histórico y social, pero también moral, en el que se desarrolla la acción, para comprender lo que nos quiere contar el autor.

El inspector regresa al barrio

En el capítulo inicial, donde el inspector visita la Casa de Familia que dirige su cuñada, se pone ya de manifiesto la hostilidad que despierta el policía, así como sus achaques, pues no sólo parece estar ese día fuera de su territorio de acción, sino incluso de su mismo tiempo, de su época. Todo ello se observa tanto en la mezcla de conmiseración y desdén con que lo trata la directora como en las burlas que le dedica la niña que lo recibe: «Es él, señora directora. Está sentado en el recibidor y parece un sapo dormido. Habla en sueños y dice palabrotas y tiene la cara verde como el veneno» (p. 97).

No tardaremos demasiado en entender las razones de ambas. Quizá todo esté ya contenido en la afortunada frase inicial de la obra, donde se apunta que «el inspector tropezó consigo mismo en el umbral del sueño y se dijo adiós, vete al infierno» (p. 95). Frase que encuentra su correlato en el capítulo tercero (p. 125) y en el desenlace del primero, en el que el inspector le anuncia a su mujer, por mediación de la cuñada, una muerte que luego será más vital que física (p. 104). Y no otra cosa parece el policía que un muerto en vida, alguien que deambula por el barrio con «un peso en el corazón» para cumplir una misión tan rutinaria y desagradable como incómoda, al implicarse en ella su vida profesional y personal. Hasta tal punto se hace esto patente, que durante el capítulo cuarto, en donde Rosita y el inspector están hablando del cadáver que la chica tiene que reconocer, ella lo ve a él como la representación más cercana de la muerte (p. 138).

Resulta que ese mismo día habían citado al inspector en el Clínico, pero el policía al que aguardaba no llega a presentarse, con lo que pierde toda la mañana. A las cuatro de la tarde encuentra por fin a Rosita y se da cuenta de que ya no es la niña que había conocido, pero tampoco el inspector es el mismo hombre, como se verá. La chica ha crecido y se ha convertido en una adolescente. Si se niega a acompañarlo es porque, le advierte, «hoy es el día más complicado de mi vida» (p. 111). El caso es que le da miedo ver el cadáver y no puede perder tiempo con lo mucho que le queda por hacer. Pero, sobre todo, Rosita tiene otra cita prevista, ya que los martes acude al chiringuito de la vieja Maya donde Rafa, su novio, le ha buscado otra manera de ganarse la vida... Ante la insistencia del policía y el desarrollo de los hechos a lo largo de la jornada, la muchacha acaba accediendo de mala gana, pues al concluir su trabajo se da cuenta de que no podrá escabullirse del inspector.

Dos caminan juntos:
trastornos y transformaciones

En estos nueve capítulos, a lo largo de un espacio acotado durante un tiempo reducido, se cuenta, a caballo entre el relato del presente y los recuerdos del pasado, por medio de técnicas literarias que la narrativa comparte con el cine, cómo Rosita va desempeñando sus distintas labores, mientras el inspector la acompaña de un lugar a otro, o la espera aquí y allá en diversos lugares del barrio. Sin duda, ésos son momentos de espera y soledad para el inspector, entre tanto Rosita acaba con las diversas obligaciones contraídas. No debe olvidarse que el policía está casi siempre en escena (tan sólo deja de aparecer en el episodio de la escalera con los Jara y en la primera parte de la visita al chiringuito), mientras que Rosita entra y sale continuamente. De hecho, es él quien lleva el peso de la trama más allá de que el protagonismo sea compartido. A decir verdad, cada cual arrastra su propia condena: si la chica fue violada, y sólo ahora parece haber encontrado una «familia» y un novio, el inspector, por su parte, está a punto de ser abandonado por su mujer, le ronda la idea de suicidarse, quitándose de en medio y, por último, los suyos han perdido la segunda guerra mundial, aunque esta razón sea ahora la que menos le afecte. En el desenlace, tras constatar la brutalidad y la torpeza de sus colegas con el cadáver y el fraude que resulta ser la chica, se queda desolado, mientras que ella regresa a la Casa silbando y mordisqueando otra zanahoria, más tranquila porque se ha librado del policía y no va a tener que dar explicaciones a la directora del hogar.

A lo largo de este recorrido físico, pero también metafórico, podemos observar la transformación que han ido sufriendo los protagonistas. Rosita ya no es tan inocente como parecía serlo tiempo atrás («Han pasado muchas cosas en dos años. Ya no soy aquella pánfila», le advierte, p. 130), pues

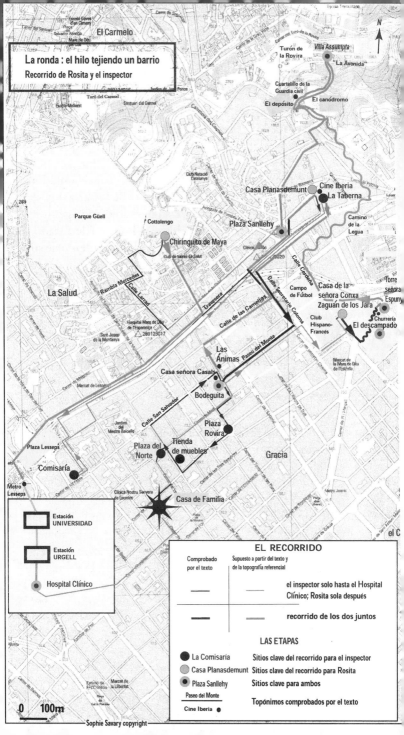

como tantos niños de la postguerra –la narrativa de Marsé
está plagada de ellos– tuvo que crecer demasiado deprisa. Así
pues, la chica ha aprendido a sobrevivir a marchas forzadas
en un medio que le es tan difícil como adverso. Al final de la
jornada sabremos que se ha prostituido con la complicidad
de su novio.

El inspector tampoco es ya el policía seguro y triunfador
que fue, a pesar incluso de que al comienzo de la narración se
nos transmita la imagen brutal de su pasado como agente y
como marido. Ahora parece más bien un hombre derrotado,
de vuelta de todo, se encuentra en la curva descendente de su
existencia (al comisario Arenas, su antiguo jefe, le dice: «de
ésta no salgo», p. 119), sin saber en qué fecha vive (pp. 125 y
141-142), y con el deseo latente de suicidarse en cualquier
momento.

Así, en la primera mitad de la obra se cuenta de manera
minuciosa, con todo tipo de detalles, los trastornos físicos
que sufre el inspector. Como sabemos, la narración arranca
con su visita a la Casa, a partir de las sensaciones de un
hombre que está pensando en suicidarse y que tropieza una
y otra vez consigo mismo, con los recuerdos de un pasado
que lo acosan, mientras se extravía –en una afortunada imagen– por los sótanos de la memoria. Lo vemos chupando un
caramelo, aficionado a esta golosina, e imaginándoselo
como una bala (una bala-caramelo) incrustada en su mollera. En concreto, se ve a sí mismo tumbado en la cama de la
tienda de muebles, «con el caramelo del adiós en la boca, la
cabeza ensangrentada reposando sobre el cojín separatista»
(p. 143). Por lo demás, siente un peso en el corazón, frío en
el vientre, tiene escalofríos en la ingle y el costado flatulento. Su cuñada le reprocha su dejadez, la falta de aseo personal, la caspa y el desaliño en el vestir. Tiene la moral por los
suelos, la tensión alta, el estómago descalabrado y desde
hace seis meses padece insomnio. Por si todo ello fuera
poco, las reacciones de su cuerpo no dejan de sorprenderle:
padece la extraña sensación de que su testículo sube y baja a

lo largo de sus intestinos (criptorquitis o «enfermedad del ascensor», se denomina este trastorno), mientras que intenta caminar para que vuelva a la bolsa escrotal. Por último, se imagina muerto, y le produce espanto pensar que cuando le hagan la autopsia se encuentren con el inestable atributo en un recodo de sus tripas.

El primer capítulo concluye con el ruego del inspector a su cuñada para que le diga a su mujer que se ha muerto... Conforme avanza la historia sabremos que ha tenido que guardar reposo cinco meses, que sufre calambres y tiene problemas de azúcar, estómago y circulación. También padece dolores de cabeza y su orina es «densa y punzante como un alambre de pinchos» (p. 123). Hasta tal punto está desmejorado que quien fuera conocido por su brutalidad como Estómago de Hierro lo siente ahora «trabado y enmohecido, roído por la floración gástrica de sus viejos humores» (p. 141).

Durante la ronda, como se ha apuntado, el viejo policía se imagina muerto en varias ocasiones, con su cadáver siempre en una situación desairada. También se imagina demediado, partido en dos. Al fin y a la postre, el autor juega siempre con esta dicotomía para componer un personaje más complejo. Así, tiene que cumplir con su obligación de policía, pero como ser humano no le resulta nada grata su misión, pues conoce los padecimientos de las huérfanas.

En un momento dado, cuando el inspector le cuenta a Rosita que el cadáver que debe reconocer es el de un suicida, la chica reflexiona sobre las consecuencias de quitarse la vida. De este modo no lo podrán enterrar en sagrado, ni recibir la visita de un cura, ni la caja llevar la correspondiente cruz... Pero el policía no responde a estas cuestiones (p. 137). Algo más adelante, la joven vuelve a la carga, señalándole al inspector el suicidio de una paloma. Ante el escepticismo de éste, Rosita aduce bibliografía, el libro de un misionero en China donde se cuentan casos de palomas suicidas (pp. 174, 175 y 171), pero el policía considera que se trata de una de esas palomas de piedra arenisca que se utilizan como ornamentación de las torres, en las que precisamente acaba de fijarse (asimismo, el narrador de *Rabos de lagartija* se preguntará si «cabe en la cabeza de un chucho [Chispa, el perro de David], por grandes que sean sus dolores y aflicciones, la idea del suicidio», pp. 139-140).

Cuando el pasado se hace presente

Y es que tal vez sea el reencuentro con Rosita, el volver a toparse con la complicada existencia de la joven, lo que hace que el inspector se cuestione sus intenciones. Es muy probable que por eso mismo le acabe confesando: «Yo no quería llevarte a ningún lado ... Yo hoy quería pegarme un caramelo en la cabeza» (p. 179). Todas estas cavilaciones nos llevan a configurar con detalle la imagen patética de este hombre que camina por las empinadas calles del barrio, con las corvas llenas de alambres de púas en vez de tendones; sentado en un banco, con la cabeza abatida sobre el pecho; o bien entrando en el Clínico de la mano de la chica, pero sin tirar de ella sino de él mismo... En definitiva, el lector termina comprendiendo que quizá quien menos deseaba enfrentarse al cadáver, trágica representación del pasado de ambos personajes, fuera el propio inspector. De lo que no cabe duda es de que tanto Rosita como el policía terminan entendiendo la situación del otro, lo cual les lleva a mostrarse compasivos. No puede apreciarse, en cambio, el mismo sentimiento en algunos de los personajes secundarios, como ocurre, por ejemplo, con Rafa, el novio de la chica.

La aparición del cadáver del presunto violador, en principio, no es más que la excusa que sirve para desencadenar la peripecia del recorrido. En esta ocasión, la ronda es, sobre todo, de sordidez y miseria. De igual modo, en *El embrujo de Shangai*, Daniel y el capitán Blay también recorren juntos el barrio de forma insistente, aunque esta vez sea para recoger firmas que denuncien la contaminación que produce un escape de gas y la chimenea de una fábrica. Marsé, en 1991, antes de que se publicara la novela, la define como «otra especie de *ronda*, pero en un sentido mucho más cómico» (véase la entrevista de Ana Rodríguez-Fischer, p. 25). No en vano se nos presenta, a través del diálogo y los recuerdos de los protagonistas, una visión de los avatares de la vida cotidiana durante los primeros años del franquismo. Así, importa tanto lo que se diga y muestre como el impresionante y lastimoso mundo sumergido que apenas intuimos bajo los leves indicios proporcionados. Baste con un par de ejemplos sobre la censura. En el cine Iberia, uno de aquellos locales de los sábados de la juventud del autor, ponen *El embrujo de Shangai* (1941), de Josef von Sternberg, interpretada por Gene Tierney, una de las actrices favoritas de Marsé, película que Rosita dice haber visto dos veces sin entenderla, lo que le hace pensar que «estará cortada» (p. 112). No sería raro que la censura de la época hubiese cortado esta película, pues en ella se cuenta, en forma de melodrama exótico, ambientado en un casino de juego, cómo una mujer echa en cara a su exmarido la degradación a la que ha llegado la hija de ambos, con escenas de torturas y otros asuntos sórdidos. Después, cuando Rosita y el inspector hablan de la muerte del hombre que parece ser que la violó, la chica comenta: «¿Usted cree que se suicidó? Dicen que ahora pasa mucho, que hay como una plaga pero que no sale en los diarios porque está prohibido hablar de eso. Que cuando viene en los sucesos que alguien fue atropellado por el metro o se cayó a la calle desde una ventana, es que se tiró. ¿Es verdad, oiga?» (p. 137). De ahí que no sea difícil establecer un contraste entre la anécdota que sustenta el relato, por un lado, y las complejas vidas y relaciones que éste encubre, por otro, tan ligadas al individuo y a la colectividad. Un buen ejemplo al respecto sería la presencia de la pobreza, representada por mendigos y vagabundos.

La otra España: exiliados y vagabundos

Al final del capítulo quinto hay una escena en donde la visión de la extrema pobreza de un vagabundo se mezcla con los peores recuerdos del policía, el violento registro llevado a cabo en la torre en la que ahora trabaja Rosita, donde quedan sólo la mujer y su hijo retrasado, el fatibomba Arturito. De hecho, el marido de la señora Espuny tuvo que exiliarse, tal como recuerda la mujer en catalán: «el meu marit és a l'exili», pues eran catalanistas católicos. En esta escena, que transcurre durante el atardecer, interesa destacar sobre todo que, mientras ladra incesantemente el pastor alemán de la casa junto con otros perros de una perrera cercana, hecho que desata los recuerdos del inspector, un viejo pordiosero anda tambaleándose por la calle. Se trata, en efecto, de un vagabundo que lleva al hombro un saco de quincalla e intenta cruzar la calle infructuosamente, sin terminar de decidirse, hasta que el policía lo sujeta, impidiendo así que se caiga al arroyo. El capítulo concluye con un comentario del narrador que vale como resumen de toda la novela, de la íntima tragedia que vive el inspector, demediado entre lo que sentía y, en cambio, siente ahora. Quizá por ello, ante la situación de Rosita, la rememoración de su más siniestro pasado, la compasión por el pordiosero y su decisión de suicidarse, se diga que «el inspector sintió que en torno suyo se rompían las costuras del día».

De igual modo, sabemos que ambos personajes tienen una misión que cumplir. El policía debe llevarla al Clínico para que reconozca el cadáver. Rosita, por su parte, como intuye que no va a resultar fácil eludir la visita, lo trata con deferencia y sumisión para engatusarlo y poder escabullirse cuando le interese. La excusa de la que más se vale es la capilla, pues hasta que no consiga dejarla a buen recaudo, lo que no logra en toda la narración, no podrá acudir al depósito de cadáveres. El policía, consciente de sus tretas, la deja hacer:

«pensaba en este faenar ambulante y rutinario de la niña, en su maraña de presuntas obligaciones ineludibles, tretas y embustes destinados a retrasar la cita con el muerto» (p. 169).

Algunos sentimientos oscuros

Es muy significativo que los sentimientos que aquí se barajan sean casi siempre de caridad. De modo similar, en *La oscura historia de la prima Montse*, Paco Bodegas recuerda cómo la tía Isabel, la matriarca de los Claramunt, rescató a la joven Esperanza: «La compró en la Casa de Familia, como hizo con las demás criadas, y la convirtió en una joya del hogar y la casó» (pp. 77 y 78). Así pues, en ocasiones, las menos, se trata de una caridad desinteresada, como en el caso de Merche, la mujer del inspector, quien ayuda generosamente a las huérfanas. Pero la mayoría de las veces se practica de forma más o menos egoísta. Tampoco hallaremos amor en esta obra, ni siquiera pasión (la relación de Rosita con Rafa, su novio, no es precisamente romántica), sólo un erotismo más o menos sórdido que pasa por el onanismo y la prostitución (eso sí, «la clientela es de confianza», la tranquiliza el novio, p. 182), o el recuerdo de la violación de la chica, presente en toda la novela como una rememoración inevitable para Rosita y el inspector. No en balde, cuando se prostituye en el chiringuito, evoca en parte la violación. Asimismo, tras la que podría llamarse «escena de la escalera» (pp. 147-151), en que Rosita mira a los jóvenes hermanos Jara para acrecentar su placer mientras se masturban –unas imágenes más cómicas que eróticas–, y en donde le pagan a regañadientes (cuarenta y cinco céntimos de limosna para la capilla y una paloma muerta para Rosita), uno de ellos, Miguel, la incita a la prostitución: «si en vez de guipar hicieras algo, te ibas a forrar» (p. 151). En un mundo, en suma, donde tan poco espacio queda para el afecto, no resulta sencillo encontrar otra clase de prácticas sexuales. En cierta forma, podría decirse que Rosita se prostituye en diversos grados. Así pues, parece que se sacrifica para complacer a sus amigos y a su novio, y de hecho, con esa misma actitud tan alelada como bondadosa, se dispone a masajear el dolorido pie del inspector, quien, ante la buena disposición de la chica, lo retira aturdido.

Los sentimientos individuales, como vemos, priman en la obra sobre los colectivos; aunque Rosita y el inspector bien podrían representar, y hasta simbolizar de alguna manera, los avatares vitales de toda una colectividad. Así, una y otro, por diversas razones, arrastran una vida difícil y penosa, siendo ambos piezas de un engranaje más complejo que existe y funciona al margen y por encima de ellos. Por descontado, las relaciones de dominación y opresión no sólo se producen entre vencedores y vencidos en la guerra civil. ¿Acaso no explota Rafa a Rosita, su «prima» y novia? ¿No la prostituye? Pero también las criadas veteranas de las casas en donde trabaja la chica abusan de ella. Por último, ¿no es asimismo el inspector víctima del sistema al que tan ciegamente sirve? En estas preguntas se halla una parte sustancial de las sutiles relaciones que se tejen entre los personajes.

Vía crucis de Rosita y el inspector

En cuanto a la estructura, la novela se organiza como un vía crucis con sus correspondientes estaciones. De este modo, empieza con la conversación en la Casa de Familia entre el inspector y la directora, y concluye con la llegada al Clínico de Rosita y el policía. Las otras paradas significativas se producen en la comisaría; durante el encuentro de la chica con los Jara, en la escalera; en la torre de la señora Espuny y en el chiringuito de la vieja Maya.

En el capítulo tercero se cuenta la visita del inspector a la comisaría del barrio en la que tres años atrás había prestado servicio. Allí lo recibe su antiguo jefe, el comisario Arenas, quien describe al policía como «un melancólico hipopótamo metido en un derrengado traje marengo» (p. 120); se topa con el inspector Porcar, un pavero mallorquín con flequillo y «un botarate presuntuoso» (trasunto del escritor Baltasar Porcel), y con la gorda y sorda Conxa Fullat, que denuncia la desaparición de su marido (luego sabremos que está escondido en su casa y sólo sale a la calle disfrazado); recuerda la violación de Rosita y, finalmente, se da cuenta de que algo distinto ocurre ese día de tanta actividad en la comisaría.

El episodio con los Jara, tres hermanos víctimas de la guerra y de la no menos dura postguerra, que vagan por las calles sobreviviendo como pueden, vale en cierta medida como contraste con la existencia que lleva Rosita. Quizá por ser chicos, a ellos no les llega la protección de la caridad, pero tampoco tienen que servir a fin de mantener la Casa de Familia. Así, para la joven, la escena de la masturbación tiene también algo de juego, un favor que les hace a sus amigos a cambio de unos céntimos, mirándolos («El trato es mirar, sólo eso», p. 148) mientras ellos se afanan en obtener placer, pensando en otras chicas de la Casa. Después conoceremos, en el capítulo sexto, la historia de uno de ellos, Matías, que se quedó manco al explosionarle una granada cuando estaba robando en la casa del fiscal Vallverdú (otro «homenaje» de Marsé, esta vez al intransigente poeta social-nacionalista y editor de Edicions 62), quien la usaba como pisapapeles. En sus sueños, Matías se imagina delante de un espejo haciéndose el nudo de la corbata, tocando la armónica. A su vez, Rosita tiene la sensación de que la acaricia con la mirada. La historia del niño concluye con un rasgo de humor, el relato del bulo que se extendió por el barrio tras producirse el accidente: «las manos de Matías salieron volando por la ventana del despacho, cruzaron la calle la una en pos de la otra como dos pájaros rojos persiguiéndose, y fueron a dar en el trasero de doña Conxa parada frente a la panadería» (p. 169).

Existen otros muchos rasgos de humor a lo largo de la narración (pp. 98 y 175), que van desde la codornicesca respuesta de su cuñada, ante una pregunta que ella finge recibir como equívoca para mostrarle adrede su desdén («–Traigo tebeos –dijo el inspector–. ¿Ya habéis comido? / –Si quieres que te diga la verdad, no estoy muy segura. Pero tebeos no, a eso no hemos llegado, todavía», p. 98), hasta el gráfico chiste obsceno, en forma de adivinanza y con algo de ramoniano, que le cuenta Rosita al policía: «"¿Usted sabe qué es una hipotenusa? ¿Y un cateto? ¿Y un cono, sabe qué es?" / El inspector resopló enarcando las cejas hirsutas y ella añadió:/ –El cono es el conejito sin peluquín...» (p. 175), por no hablar del leve tono zumbón que se aprecia a veces en los diálogos entre varios personajes.

La vuelta del inspector a la torre de la familia Espuny, en el quinto capítulo, una de las casas donde sirve Rosita, y en la que se ocupa del retrasado Arturito («Aquí sí que es buena gente», p. 158), supone el reencuentro del policía con una familia catalanista en la que el marido tuvo que exiliarse, y cuya vivienda había registrado tiempo atrás.

Pero la ronda llega a su punto culminante con la llegada de Rosita a la taberna de la vieja Maya. Allí, además de la prostitución, la espera Rafa, su novio. La chica nos lo había advertido ya: «es el día más complicado de mi vida» (p. 111). Ella ha hecho todo lo posible para que el inspector no la acompañe, para que no descubra su actividad en un local que esconde también un tostadero de café clandestino tolerado por la policía. En otro tiempo, el inspector detuvo al hijo de la dueña en el chiringuito, de ahí que al regresar ahora de nuevo descubra lo que la chica oculta. Así las cosas, la preocupación principal de Rosita ya no estriba en el reconocimiento del cadáver sino en la reprimenda del policía y de la directora de la Casa de Familia cuando conozcan el tipo de relaciones que la unen a Rafa. Por ello el narrador llega a afirmar que la joven «salía de un túnel sombrío para meterse en otro» (p. 194).

En el Hospital Clínico, estación final de este vía crucis, Rosita, después de no reconocer el cadáver, lo envía a la fosa

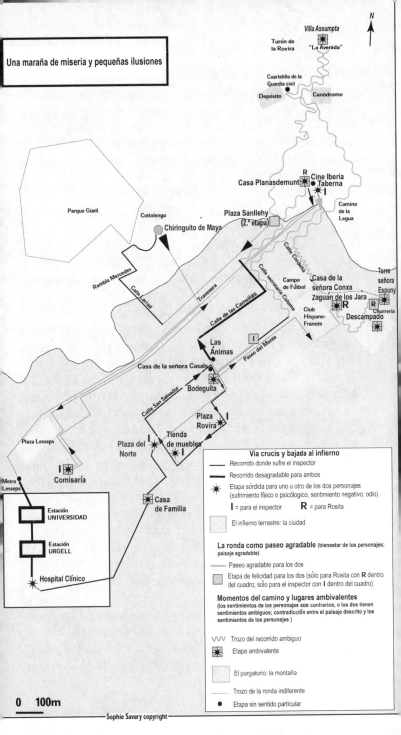

Una maraña de miseria y pequeñas ilusiones

N

Villa Assumpta

Turón de la Rovira
"La Avenida"

Cuartelillo de la Guardia civil

Depósito   Canódromo

Parque Güell

Cottolengo

Chiringuito de Maya

Plaza Sanllehy (2.ª etapa)

R   Cine Iberia
Casa Planasdemunt   Taberna
I

Camino de la Legua

Calle Cerdeña

Rambla Mercedes

Calle Larrad

Travesera

Calle de las Camelias

Calle secretario Coloma

Campo de Fútbol

Casa de la señora Conxa

Zaguán de los Jara   R

Torre señora Espuny

R   Churrería

Club Hispano-Francés

Descampado

Las Ánimas

Paseo del Monte   I

Casa de la señora Casals

Bodeguita

Calle San Salvador

Plaza Rovira   I

Plaza del Norte   I   Tienda de muebles   I

Plaza Lesseps

Metro Lesseps

I   Comisaría

Casa de Familia

Estación UNIVERSIDAD

Estación URGELL

Hospital Clínico

Via crucis y bajada al infierno

— Recorrido donde sufre el inspector

━ Recorrido desagradable para ambos

✳ Etapa sórdida para uno u otro de los dos personajes (sufrimiento físico o psicólogico, sentimiento negativo, odio).

I = para el inspector   **R** = para Rosita

☐ El infierno terrestre: la ciudad

La ronda como paseo agradable (bienestar de los personajes; paisaje agradable)

— Paseo agradable para los dos

☐ Etapa de felicidad para los dos (sólo para Rosita con **R** dentro del cuadro; sólo para el inspector con **I** dentro del cuadro)

Momentos del camino y lugares ambivalentes
(los sentimientos de los personajes son contrarios, o los dos tienen sentimientos ambiguos; contradicción entre el paisaje descrito y los sentimientos de los personajes)

〰 Trozo del recorrido ambiguo

✳ Etapa ambivalente

☐ El purgatorio: la montaña

— Trozo de la ronda indiferente

● Etapa sin sentido particular

0   100m

Sophie Savary copyright

común (donde también acaba el cuerpo de Java, uno de los protagonistas de *Si te dicen que caí*). Los detalles sobre el estado en que se encuentra el cuerpo del supuesto violador son trasunto de las bestiales prácticas policiales: «los hematomas en los flancos, las erosiones y las quemaduras. Debajo de la tetilla, dos orificios limpios y simétricos soltaban una agüilla rosada. Los pies eran una pulpa machacada, sin uñas» (p. 195). O como diría el autor, ecos de la guerra civil.

El misterioso cadáver del Guinardó

Ahora, después de la publicación de *Rabos de lagartija* (2000), puede completarse la historia del misterioso cuerpo. Así, a partir de lo que se cuenta en dos capítulos de esta novela (el octavo, titulado «Café-café con dos terrones», y el penúltimo, «Aventuras en otro barrio»), se desentraña definitivamente el enigma. En esencia, en sus páginas se relata cómo la policía, creyendo haber dado con el paradero de Víctor Bartra, el marido de la pelirroja y padre de David, pone cerco a la torre de la viuda Vergés, en Sarriá, donde se supone que se esconde el activista libertario. De este modo, la policía detiene a un hombre al verlo salir de la casa, dado su parecido físico con el perseguido. Pese a que arguye ser sólo un simple vendedor de enciclopedias a domicilio, como no tiene en regla la documentación se lo llevan a la comisaría para «interrogarlo a fondo». Ante la contundencia que emplean los servidores de la ley y el orden, el vendedor se asusta e intenta escapar por el único lugar que puede, la ventana, con el resultado esperable (pp. 240-242).

De nuevo, el episodio se retoma casi cien páginas después. En esta ocasión, un par de subinspectores de policía, Tejada y Quintanilla, a quienes el narrador presenta como «el gordo» y «el flaco», comentan, en la barra del bar Sky de la Vía Layetana, cerca de la Jefatura Superior de Policía, el desdichado asunto en el que se vio involucrado el inspector

Galván en mayo de 1945. «Este bar –se dice– guarda entre sus paredes historias terribles y esta que voy a contar es una de ellas.» Así, los policías vuelven a relatar la detención del vendedor de enciclopedias para explicar con todo detalle cómo lo tomaron por quien no era, que incluso se puso «un pelín chulo» y que «después de zurrarle durante dos semanas el tío seguía igual de entero y negándolo todo. Y no veas cómo le machacaron los pies. ¡La hostia! Le clavaron una docena de tachuelas en la mollera y le dieron un buen tute con las colillas». Tras este altercado se hizo cargo del detenido otro policía, Serrano, a quien «se le escapó un golpe y le reventó un huevo» con la empuñadura de marfil de un bastón... El preso intentó salir por la ventana y Galván terminó empujándolo, al tiempo que otro policía, Montero, le disparaba entonces dos tiros en los riñones. Todo este episodio recuerda, como ha señalado María-Dolores Albiac, el caso del dirigente comunista Julián Grimau (me confirma Marsé que lo tuvo en cuenta, aunque no lo recogiera estrictamente en su obra). Lo que sucedió luego ya es conocido: mandaron el cadáver al depósito del Clínico. «Hubo que inventar algo sobre la marcha, buscar a alguien que lo identificara como otra persona, un vagabundo sin familia al que nadie va a reclamar...» (pp. 311-315). Hasta aquí el diálogo que mantienen el gordo y el flaco, mientras toman vino y vermut, comen callos y pinchan aceitunas...

Juan Marsé remeda en esta escena los hilarantes diálogos y situaciones de *Muerte accidental de un anarquista*, de Darío Fo, para relatar en clave esperpéntica, pues muñequiza a los policías, los últimos días –la muerte y el remate– de este desafortunado vendedor de enciclopedias. De hecho, no sólo se aclara el enigma de *Ronda del Guinardó* sino que deja en evidencia al apuesto y empalagoso inspector Galván, quien había cautivado a la pelirroja con sus obsequios y sus buenas maneras, aunque no lograra engañar a su hijo, el joven y avispado David. Así pues, sabemos que «estuvo liado con las tramas del juego ilegal, y que hace cuatro años fue expedientado por amenazar con la pipa a un inspector de Bilbao» (p. 311). Pese a la relación evidente entre ambos episodios, la cronología no se corresponde: mientras la acción de *Ronda del Guinardó* transcurre durante el 8 de mayo de 1945, la detención del vendedor de enciclopedias a domicilio se produce el 20 de julio del mismo año.

Volviendo a *Ronda del Guinardó*, esta nueva información sirve también como manera indirecta y oblicua de presentarnos una posible biografía profesional de nuestro innominado inspector, su pasado violento e intolerante, aquella otra faceta de una personalidad sobre la que ya se nos había ofrecido algunas cuantas pistas. Podría decirse, por tanto, que el pasado violento y corrupto de nuestro inspector pudo ser similar al de Galván.

Al final de la narración, Rosita, como había hecho el inspector en el arranque, se observa a sí misma, recuerda su pasado y se increpa por lo tonta que ha llegado a ser (p. 130). Tanto la tensión que se produce a lo largo del relato como su consiguiente dinamismo provienen de la maestría con que el autor emplea la alternancia entre narración y diálogo («siempre que utilizo el diálogo —confiesa Marsé— pienso en Hemingway»), pasado y presente. Así, éste se va configurando por medio del recuerdo, a la vez que por el contraste que se establece entre el prepotente inspector de antaño —de vuelta ahora al territorio donde le motejaron de Estómago de Hierro— y el derrotado de hogaño; entre la ingenua Rosita que fue violada y la resabiada que ha acabado degradándose y a la que se le está llagando y pudriendo la boca (pp. 171, 175 y 176). No menos interés posee la alternancia de la voz del narrador con la del diálogo que mantienen los protagonistas, la verborrea de Rosita y el laconismo del inspector, evidentes muestras no sólo de sus respectivos estados de ánimo, sino también de su propia idiosincrasia. «Qué aburrido es usted, ondia. Qué tostonazo de tío (p. 175)», «¡Y usted es más soso que una calabaza!» (p. 179), le espeta la chica.

Hacia un estilo casi invisible

La trabajada sencillez del estilo de Marsé, sin que falten ribetes de lirismo, se vuelve casi invisible, echando mano de un encadenamiento de imágenes, olores, sugerencias e ideas con los que obtiene la atmósfera más adecuada para lo que pretende contar, logros todos ellos a los que siempre ha aspirado el autor, como ha declarado en varias ocasiones. Así, uno de los rasgos más característicos consiste en el uso recurrente de ciertos motivos y en el empleo de una adjetivación insólita. Si bien es en la creación de imágenes donde mejor muestra sus dotes líricas, mediante la utilización de epítetos logra, en especial, poner en relación objetos, personas e incluso circunstancias sobre las que tal vez no habíamos reparado lo suficiente. Un breve repaso a sus páginas puede procurarnos numerosos ejemplos al respecto. De este modo, el narrador señala que el inspector percibía, a veces, la mirada de Rosita como «un silbido de serpiente» (p. 153), mientras que sus ojos se describen como «rapiñosos y acusadores» (p. 103). El adjetivo *rapiñoso* también se le atribuye al perfil del carbonero (p. 132). Otro de los epítetos preferidos por el autor es *furioso*, y se utiliza para calificar las manos de la chica (p. 131), cuya madurez es tachada de «insolente y compulsiva» (p. 131), pero también de «furtiva» (p. 134) para denotar lo incipiente de ésta. Asimismo, con el objetivo de llamar la atención sobre la «fiereza» de la estraperlista (y acaso prostituta) que se encuentra el inspector en la calle, se comenta que «sus alertados ojos amarillos giraban fieramente en busca de cliente» (p. 105). Por último, con las palabras *pubertad* y *libertinaje* compone el sustantivo *pubertinaje* (pp. 98 y 99), a través del cual define con precisión la conducta de las huérfanas de la Casa, propia de unas jóvenes quizás algo retadoras e insolentes.

Por lo demás, crea también un conjunto de imágenes tan heterodoxas como sorprendentes y efectivas. No en vano la obra arranca con una de las más sugerentes, que se repite en parte más adelante, pues proporciona el tono a toda la narración: «El inspector tropezó consigo mismo en el umbral del sueño y se dijo adiós, pedazo de animal, vete al infierno» (p. 95).

Al policía se le describe, desde el comienzo de la pieza, con una metonimia: «parece un sapo dormido ... y tiene la cara verde como el veneno» (p. 97), completada luego, cuando se alude a su «prieta boca de rana» (p. 171). Aunque quizá todo ello adquiera su sentido último en el pasaje en que Rosita recuerda a su violador, claramente inspirado en las líneas finales de *La Regenta*, en donde se habla de «su boca sin dientes, que olía a habas crudas y era resbalosa y blanda como un sapo» (p. 139). Además, algunas de las imágenes más degradantes que utiliza son de la estirpe del mejor Quevedo. Pienso, por ejemplo, en la descripción que hace de su cuñada, como una mujer «flaca y apergaminada», o bien cuando la tacha de «cardo borriquero vestida de exvoto» (pp. 98 y 99).

También se fija, con acierto, tanto en la condición violenta del inspector como en la gestación de su frustrado suicidio, por medio de dos imágenes extraordinarias. En particular, el primer caso proviene de un recuerdo de la cuñada que nos transmite el narrador: «vio otra vez a Pilarín cubriéndose la cabeza con los brazos y al inspector abofeteándola en mangas de camisa, luciendo sus negros correajes, furioso y encorsetado como una bestia ortopédica» (p. 100). El segundo se gesta mediante una doble asociación de ideas, pues los caramelos que tanto gustan al policía se acaban convirtiendo, como en una proyección de sus ansias insatisfechas, en la bala que habría de quedársele incrustada o pegársele en la mollera («la bala-caramelo», pp. 123 y 170), mientras que su inquieto testículo se pasea tan campante por sus intestinos. Todo lo cual provoca la impresión de que este hombre se tortura, anticipando una y otra vez las imágenes de un suicidio que al fin no se llevará a cabo; como si tuviera el cuerpo tomado, de la cabeza a los pies, por un caramelo y un testículo bailón, claros indicios de que se encuentra cerca de su propio enajenamiento.

De las muchas, afortunadas y novedosas imágenes que pueblan esta novela corta, hay una que resulta especialmente lograda debido a su sencillez. Durante el recorrido que llevan a cabo por el barrio Rosita y el inspector, él bebe y orina con cierta frecuencia, mientras ella tan sólo come (nísperos, zanahorias, mandarinas y granos de café), al tiempo que carga con el fatigoso lastre del capacho y la capilla. Pero, además, se dice que la orina que suelta el policía sobre unos viejos archivadores en la comisaría era «densa y punzante como un alambre de pinchos» (p. 121), hipálage a través de la cual transmite el dolor que ésta le ocasiona. De igual modo, los bocados que Rosita da a la fruta casi siempre tienen que ver con escenas de contenido más o menos sensual.

A modo de ejemplo, la primera vez que surge esta imagen, cuando le da «mordisquitos a la pulpa rosada del níspero», el carbonero la observa, con una botella de cerveza en la mano. En el erotismo primario de los personajes, tanto la zanahoria como el botellín de cerveza aparecen como tópica representación del deseo, del órgano sexual masculino, hasta el punto de que muy bien podría decirse, como veremos, que Rafa comparte la chica y la cerveza negra con su amigo el tranviario. Así, la primera vez que Rosita y el carbonero se encuentran y miran, él está acodado de espaldas en un mostrador y sujeta un botellín de cerveza en la mano; por su parte, el cliente espera a Rosita bebiendo cerveza en el chiringuito, y tras concluir su labor, cuando se hace otra vez con la botella, Rafa le pide un trago; por fin, en la escena en que el inspector sorprende a la chica, antes de reaccionar, lo primero que hace es recoger del suelo una botella de cerveza negra (pp. 131, 132, 172 y 179). En la escena de la escalera con los Jara, Rosita le pega «un mordisco avieso e interminable» a la zanahoria, «mirando fijamente a Pedro». Como sabemos, se trata de que ella los mire mientras se masturban, si bien convierte la situación en un poco más picante con los mordisquitos que le va dando a la zanahoria, al mismo tiempo que los llama «cochinos, babosos»... Al final de la narración, tras observar el cadáver, aquellas zanahorias que empezaron siendo la «comida del loro catalanufo» termina vomitándolas en los servicios del Clínico (pp. 140-143, 145 y 183). Ya en el capítulo sexto, la chica está pelando una mandarina que se irá comiendo después de oler los gajos (p. 155). Y, por último, antes de cumplir con los dos clientes que le ha buscado su novio, Rosita se echa a la boca un grano de café (p. 175), fruto de claro sabor amargo. No quiero dejar de llamar la atención acerca de la cara que se le pone cuando se da cuenta de que el inspector acaba de descubrir lo que también la lleva al chiringuito de la vieja Maya: «Rosita retrocedió arropándose con la frazada. Se acentuó el arrebol en sus mejillas y el centelleo febril en sus ojos negros, aquel tráfago ponzoñoso de crías de alacranes. / −¡No se acerque! ¡No mire!» (pp. 189-190). Y con respecto a la acción de beber que caracteriza al policía, hay que recordar que éste ingiere, en diversas proporciones, cerveza, vino «áspero y cabezón» y gaseosa.

Acerca de las huérfanas de la Casa sabemos que vestían todas igual, si bien llevan «polvo de reclinatorio en las rodillas» (p. 106), lo que las singulariza, tanto en ésta como en otras narraciones del autor. Por otro lado, de los cuatro hombres que juegan a los chinos en una taberna (Rafa el carbonero entre ellos) se cuenta que «esgrimían los puños escamosos como cabezas de serpiente» (p. 118).

Marsé se vale de dos registros lingüísticos diferentes: el más literario (e incluso lírico en ocasiones) del narrador, y otro más suelto y espontáneo, propio del diálogo. La divergencia entre ellos, la natural y frecuente transición entre uno y otro, no los pone en contradicción. Antes bien, hace que la historia fluya con absoluta normalidad. El narrador aporta entidad y sentido al marco en el que se desenvuelve la acción, así como a los diversos elementos que aparecen en el espacio. De hecho, lo presenta muy someramente, al igual que a los personajes. En los diálogos utiliza Marsé una lengua literaria basada en el habla cotidiana. Pone en boca de sus criaturas un idioma mestizo, un castellano diglósico, plagado de catalanismos, variante esta que puede oírse todavía hoy en Barcelona, en barrios cuya convivencia entre burgueses catalanes y emigrantes era frecuente.

También Rosita y el inspector se diferencian entre sí por su manera de hablar. En la lengua que emplea ella, además de los hermanos Jara o de Rafa, es donde mejor se muestra la pervivencia de lo oral. Precisamente, las modestas incursiones de la chica en el catalán le hacen comentar al narrador, forjando una imagen extraordinaria, que «en su boca grande plagada de calenturas del sur el catalán era un erizo» (p. 167). El policía, en cambio, se expresa como el resto de sus colegas, con una excepción. Recuérdese, a este propósito, la imposibilidad de entenderse con el inspector Porcar, aunque en este caso concreto intervengan otras razones. Cuando dialoga con Rosita ejerce de autoridad lingüística, defendiendo tanto la corrección como el decoro. Lo curioso es que la utilización que se hace del lenguaje nos permite observar de qué manera los personajes parecen estar siempre a la defensiva. El lenguaje constituye, pues, un agresivo instrumento de poder que el inspector utiliza a su antojo para hacerse respetar, como también atacan o se defienden con él su cuñada, Rosita y Rafa. De ahí las numerosas réplicas y contrarréplicas, salpicadas por el texto, entre el inspector y la directora de la Casa, o bien con Rosita o la vieja Maya, así como entre los Jara y la chica. Sin duda alguna, el caso más evidente es el del inspector en su papel de policía. Sus increpaciones a la estraperlista, al dueño de la tienda de muebles o al individuo que transporta el water en el metro no admiten réplica. De hecho, si comparamos estos diálogos con los que mantiene con Rosita, observaremos la diferencia en el trato, producto quizá del conocimiento de la historia de la joven, de que sepa cómo vive y cuánto ha sufrido, lo que lo vuelve más compasivo.

El que Marsé haya denostado en numerosas ocasiones a

los narradores que cargan todo su esfuerzo sobre la prosa, hasta el punto de que convierten sus frases en un sonajero que tintinea constantemente, no significa que su escritura no esté sumamente trabajada, como se ha puesto de manifiesto en los ejemplos aducidos. De igual modo, es evidente que en esta obra el autor domina y controla a la perfección todos los registros del lenguaje, utilizándolos con sabiduría no para hacer alardes de estilista, de dominio del idioma, sino para ponerlos al servicio de la historia que quiere contar.

La construcción del personaje

Marsé perfila a la perfección sus personajes, y no sólo a los principales, de quienes ya nos hemos ocupado, como ese gato callejero que es la charnega Rosita y el inspector, el cual tiene añejas cuentas pendientes con casi todos los que le salen al paso. También traza con habilidad a aquellos otros que forman parte de la Casa de Familia, como su cuñada o Pili, la chica que sirvió en el hogar del policía. A ella y a Merche, su esposa, incluso les había levantado la mano, como sabemos. Parecidas manifestaciones de «su vieja y mermada intolerancia» (p. 154) tiene con la mujer que hace estraperlo con el pan (pp. 105-106) y con el dueño de la tienda de muebles por culpa del «cojín separatista» (p. 143), y se muestra sanguíneo con el fontanero que se sienta en el water que transporta en un vagón del metro (p. 192).

Como hemos comentado, a la mayoría de los personajes sólo se les cita de pasada, provienen de otros libros suyos o reaparecerán en ellos, como ocurre con el inspector Polo (p. 124) y los hermanos Julivert (p. 122), de *Un día volveré*; la gorda Conxa, Betty Boop, la Betibú (p. 139) y el capitán Blay (p. 139) en *Colección particular* (*El País*, 1988-1989); y con estos dos últimos y el pintor Sucre (p. 144) en *El embrujo de Shanghai*. Estos seres, además, se singularizan a través de una serie de motivos, de imágenes que se reiteran, como por

ejemplo los calcetines, la rebeca de angorina azul y las rodillas de Rosita; el testículo que sube y baja del inspector, una
muestra de su vulnerabilidad actual; o bien las ligas de Pili
restallando en los portales oscuros y en el cine. Las meadas
sobre el dibujo del Peñón o la constante presencia de palomas, con las que comercian Rosita, los kabileños y el sereno, son algunas de las imágenes recurrentes que aparecen en
esta narración.

Principios, paratextos y conclusión

Quizá sea momento de volver al comienzo, a la cita de *Silvia y Bruno*, de Lewis Carrol, con que encabeza la obra. A
mi juicio, en sus líneas podría condensarse el sentido de
nuestro relato. Intentemos una explicación posible: «Érase
una vez una coincidencia [el reencuentro de Rosita y el ins-
pector] que había salido de paseo en compañía de un pequeño accidente [la violación]; mientras paseaban, encontraron una explicación tan vieja, tan vieja, que estaba toda
encorvada y arrugada [la lucha de la joven por la supervi-
vencia, su prostitución] y parecía más bien una adivinanza
[el misterioso cadáver]». Más allá de lo que pudiera haber
de juego en esta posible interpretación, parece evidente
que esta cita inicial remite tanto a los tres sujetos funda-
mentales del relato, Rosita, el inspector y el cadáver, como
a las circunstancias que los relacionan (en el mismo sentido se pronunciaba Àlex Susanna en su reseña para *La Vanguardia*).

Hoy, en medio de la pretenciosa Barcelona del llamado
Fórum de las Culturas, la Ronda del Guinardó emerge como
una pesadilla, otra de esas Travesías del Mal que tanto acon-
gojan a Enrique Vila-Matas. Quizá quien mejor la ha retra-
tado haya sido el escritor y periodista Sergi Pàmies en una
página de *El País* del 6 de octubre de 2002; la extensión de la
cita se excusa, como suele decirse, por su interés:

Juan Marsé (fotografía de María José Raseco, El Mundo. El Cultural,
10 de octubre de 1995).

Todo son coches y un mobiliario urbano adicto a un au-
tobombo municipal al que debería darle vergüenza anun-
ciarse en un territorio tan hipotecado por el porciolismo y
sus *progres* herederos. La ronda es un barranco artificial que
separa lo que antes era empinada transición de un barrio a
otro. Ahora hay un *scalextric* remendado con una falsa rambla parque ... Algo debió de salir mal para que un mundo li-
terariamente tan rico haya acabado en una realidad caótica
donde el orgullo ha sido enterrado bajo toneladas de asfalto
(no sonorreductor) y el tiempo para compartir *aventis* ha
sido arrasado por la prisa.

A pesar de todo lo dicho, la mejor definición de esta ex-
celente novela corta, en la que todos aparecen como perdedores, aunque en distinta medida y por muy diversas razones, la dio el autor cuando la tenía recién acabada y no había
aparecido aún en las librerías, al describirla de manera oblicua como «una historia de dos personajes, lineal, transparente, directa y clara, que he procurado contar de la forma más
sencilla posible». Una vez más, consigue Juan Marsé sus
propósitos, pues no cabe duda de que alcanza su principal
objetivo de interesar y conmover al lector.

Por último, creo que tiene interés recordar aquí que se ha
hecho una película y una versión teatral de esta novela corta.
La película, dirigida por Wilma Labate, es una versión libre,
poco afortunada, que se titula *Domenica* (2001). Por su parte, la adaptación teatral y la dirección del montaje, *Boulevard
du Guinardó*, es obra de Yvon Chaix, y fue estrenada en el
Café de France de Grenoble, en el año 2000, aunque el res-
ponsable último de este proyecto sea, sin duda, Georges Tyras, profundo conocedor de la obra de Juan Marsé.

LA CRÍTICA

Sobre esta obra tenemos un documento breve pero de gran
interés, como es el texto que escribió Marsé en el momento

de aparición de la novela corta, por encargo de Manuel Longares, director del suplemento de libros del diario *El Sol*, para la sección «El autor ante su obra». El artículo –publicado el 5 de octubre de 1990– se titula «Primera imagen, primer latido», y en él recuerda las imágenes de las que surgieron sus novelas. En el caso de *Ronda del Guinardó*, como se ha dicho más arriba, consistía en la visión de una adolescente huérfana que recorría las calles del barrio con una capilla portátil de la Virgen de Montserrat apoyada en la cadera, mientras mordisqueaba una zanahoria. Vale la pena recordar también el volumen *El Pijoaparte y otras historias* (Bruguera, Barcelona, 1981), libro de imprescindible consulta, muy poco utilizada por la crítica, en que Marsé, respondiendo a las preguntas de Lolo Rico Oliver, comenta, una a una, todas sus obras.

La crítica de actualidad en general ha sido generosa con la narrativa de Juan Marsé. Sus obras se han recibido casi siempre con elogios, e incluso, como se ha dicho, en un par de ocasiones ha sido galardonado con el Premio de la Crítica. Así, de *Ronda del Guinardó* se ocuparon en su momento algunos de los críticos que entonces solían seguir con más atención la actualidad literaria, como Santos Alonso, Andrés Amorós, Ernesto Ayala-Dip, Luis Blanco Vila, Rafael Conte, Miguel García-Posada, José Luis Martín Nogales y Cristóbal Sarrias, a los que hay que añadir también, en este caso, al poeta y traductor catalán Àlex Susanna. Las referencias de las principales reseñas dedicadas a la obra se han recogido en la bibliografía final.

La crítica académica, sin embargo –y pienso ahora, también, en la totalidad de la obra de Marsé–, pese a que no falten trabajos relevantes, no le ha prestado todavía la atención que merece, sobre todo si tenemos en cuenta la importancia de su obra y la comparamos con la dedicación que han recibido otros escritores cuya creación carece de tanto valor y consistencia. Si nos atenemos a *Ronda del Guinardó* hay que decir que constituye una de las narraciones más afortunadas al respecto, dado que existen varios artículos de sumo inte-

rés, procedentes de historiadores de la literatura, tanto españoles como franceses. En sus trabajos, que también aparecen
recogidos por extenso en la bibliografía final, se analiza y va-
lora la obra con rigor y precisión, de ahí que hayan supuesto
una ayuda imprescindible para esta edición.

José-Carlos Mainer, en un modélico comentario aparecido el mismo año que la novela («Vistas desde la Ronda del
Guinardó», *Libros*, XXVIII, junio de 1984, pp. 6-8), analiza
la estirpe y significación de los dos protagonistas, aquella
cierta complicidad entre víctimas y verdugos, y llama la
atención sobre cómo todas las novelas del autor se sustentan
en el proceso de desvelamiento de unas razones siempre
profundas que acaban dejando de serlo. También se detiene
su análisis en tres componentes importantes de la obra: el
género novela corta, la dimensión formal del *racconto* y la
utilización del melodrama. María-Dolores Albiac Blanco
(«*Ronda del Guinardó*. Los círculos del infierno», *Bulletin
Hispanique*, 2, 2002, pp. 965-985) desvela las circunstancias
históricas que la obra de Marsé oculta deliberadamente, e in-
daga sobre las formas de objetividad narrativa que muestran
pero no juzgan de manera explícita la memoria colectiva.

A los hispanistas franceses les debemos algunos de los mejores trabajos sobre esta obra. El primero a Jean Tena, maestro de una brillante generación de profundos conocedores de
la narrativa española de la segunda mitad del siglo XX, entre
los que destacan Georges Tyras y Geneviève Champeau. Jean
Tena («Les voix (voies) de la memoire: *Ronda del Guinardó* et
Teniente Bravo de Juan Marsé», *Cahiers du C.R.I.A.R.*, 8,
1988, pp. 123-132) resalta la importancia de la memoria y cómo
ésta produce una 'célula narrativa' original, la aventi, que no es
más que la invención de la memoria contra cualquier otra ma-
nipulación.

Georges Tyras, en dos artículos imprescindibles («L'inspecteur et son corps du délit», *Hispanística XX*, 9, 1992, pp.
237-251; y «Suspense pour un agent double», en Jean Alsina,
ed., *Suspens/Suspense*, CRIC, Université Toulouse-Le Mi-

rail, Toulouse, 1993), relaciona la obra de Marsé con la estructura del relato policiaco, para llamar la atención sobre la interrelación y ambivalencia de los espacios y sobre la «búsqueda» como estructura novelesca. Por su parte, Geneviève Champeau («*Ronda del Guinardó* de Juan Marsé: un roman polyphonique», *Bulletin Hispanique*, 95, 1993, pp. 203-223) ha llamado la atención sobre cómo utiliza Marsé el juego polifónico para mostrar la versión de los perdedores, forjando una estética de la ambigüedad. En fin, Michèle Ramond («Una poetización del referente. *Ronda del Guinardó* de Juan Marsé», en Yvan Lissorgues, ed., *La Renovation du roman espagnol depuis 1975*, Presses Universitaires du Mirail, Toulouse, 1991, pp. 53-63) ha explicado la poetización de la realidad en la ficción y cómo la vuelta al barrio del inspector supone un ajuste de cuentas con su pasado. También insiste en la importancia del carbonero y de qué modo el itinerario que sigue Rosita tiene que ver con los lugares que frecuenta su novio, y por tanto el epicentro de la acción es el chiringuito de la vieja Maya.

A las deudas que uno contrae siempre con la bibliografía, se suma en esta ocasión la generosa ayuda prestada por varios amigos y compañeros de oficio, a los que quiero recordar. Son José Manuel Blecua, Geneviève Champeau, Jesús Ferrer Solà, Luciano García Lorenzo, Olivia Gassol, Joaquín Parellada, Carlos Pujol, Sophie Savary, Jean-Claude Seguin y María José Vega. Don Saturnino Sáez de Ibarra respondió amablemente a una pregunta mía en un foro de internet, proporcionándome datos sobre el Trío Calaveras. A Gemma Pellicer le debo, como siempre, el treinta y tres por ciento del trabajo. Pero Juan Marsé ha sido quien más ha padecido mis pesquisas, respondidas con amabilidad y paciencia.

Ofrezco a continuación cuatro fragmentos críticos que considero de gran interés: el primero es en realidad un relato completo, «La corrupción de la rosa», aparecido en *El País* el 7 de mayo de 1989, dentro de la sección del autor, «Colección particular», que me parece especialmente significativo por cuanto compendia y cifra las principales obsesiones y lugares comunes de Marsé. El segundo, de Geneviève Champeau («*Ronda del Guinardó* de Juan Marsé: un roman polyphonique»), señala que el carácter polifónico de las anteriores novelas de Marsé adquiere otra dimensión en *Ronda del Guinardó*, estrategia que le permite acceder a una nueva relación con el pasado que quiere presentar a sus lectores. A continuación, el fragmento de Georges Tyras («Suspense pour un agent double») muestra la simetría y la fundamental ambivalencia de los espacios de la obra. Por último, María-Dolores Albiac Blanco («*Ronda del Guinardó*. Los círculos del infierno») caracteriza brevemente el estilo de Marsé en esta novela corta.

En la esquina soleada de las calles Escorial-Laurel, en la barriada de la Salud, tenía yo los domingos por la mañana mi parada de tebeos usados y novelas de aventuras. Extendía la mercancía sobre la acera, sujetándola con piedras si hacía viento. Acudían los chavales del barrio con sus sobados tebeos y novelas y hacíamos intercambio. Yo les atendía magnificado por el ritual y el misterio de mi antifaz negro, idéntico al de El Zorro. Los tebeos más solicitados eran los de *El hombre enmascarado, Jorge y Fernando, Flash Gordon, Juan Centella, El mago Merlín, El jinete de la pradera y Roberto Alcázar y Pedrín*. Y las novelas más buscadas, *La sombra, Pete Rice, Bill Barnes, Dov Savage y El Coyote*. También hacíamos intercambio de programas de cine. Las pelis más celebradas eran *El prisionero de Zenda, El capitán Maravillas, Los tambores de Fu-Manchú, Búfalo Bill, La corona de hierro, Rebelión a bordo, Arsenio Lupin, Arizona, San Francisco, El hijo de la Furia*. Y a veces también intercambiábamos cancioneros: *Bésame mucho, Perfidia, Tatuaje, Noche de ronda, Siempre está en mi corazón, Sombra de Rebeca* —¡sombra de misterio, eres la cadena de mi cautiverio, oh Rebeca, quimera y pasión!-. Íbamos a los cines Rovira, Roxy, Delicias, Verdi, Máximo, Iberia, Bosque, Selecto, Proyecciones y Mundial. Nos gustaban Errol Flynn, Gary Cooper, Tyrone Power, Clark Gable, John Wayne, Mickey Rooney, Cary Grant y Randolph Scott. Y dándoles la réplica, en papeles de malo, los canallas más elegantes y refinados de la pantalla: Basil Rathbone, George Sanders, George Raft, Conrad Veidt, Dan Durvyea, Jack La Rue y Brian Donlevy. La plateada memoria cinéfila forjada en cines de barrio, hoy poblada de estrellas muertas.

Un luminoso domingo de invierno Rosita se acercó a la parada a curiosear los tebeos. Los calcetines le bailaban alrededor de los tobillos morenos y vestía un descolorido jersei de trama muy clara y desgastada que dejaba traslucir una tosca camiseta de hombre sobre los pechos. La niña ya estaba prostituida en esa época, pero nadie lo sabía. Llevaba apoyada en la cadera la capilla con la Moreneta; acababa de recogerla en casa de la señora Valdés y tenía que entregarla en casa de la señora Mir. También llevaba una novela de coloreadas cubiertas medio rotas titulada *Corrupción de la rosa¸* que pretendió cambiarme por un almanaque de *Flash Gordon* casi nuevo. Le dije que ni hablar, aunque el título de la novela me intrigaba. Es una emocionante novela de amor y espionaje, dijo Rosita. Las novelas de amor me fastidian, niña. Te la cambio por dos tebeos de Juan Centella, va. Ni por uno. Hojeé la novela por si traía ilustraciones, y vi entre sus páginas una nota escrita con estilográfica. Al instante pensé en los avisos del capitán Blay. Pero no era más que una cartulina conteniendo unas anotaciones domésticas, un pedido de compra: dos cajetillas de cigarrillos, cepillo de dientes, cordones de los zapatos, hojas de afeitar y jabón Doce Camelias. No había nada de particular en la nota, dejando de lado el perfume romántico y rumboso de las Doce Camelias, salvo que la caligrafía, nerviosa y aplanada, como azotada por un viento, era de mi padre. La reconocí en el acto sin la menor duda, pero quise asegurarme. ¿Me vigilas la parada un momento?, pregunté a Rosita; cuando vuelva te cambio la novela. Rosita aceptó y me fui corriendo a casa con la nota, busqué en el cuarto de mi madre una carta de Toulouse de hacía más de dos años, la última que recibimos de mi padre, y comparé las caligrafías. Idénticas.

Estudiar el asunto

Volví corriendo junto a Rosita. ¿De dónde has sacado esta novela? Estaba en casa de la señora Fullat, la que tiene la Moreneta los jueves. ¿Dónde vive? En una torre de la calle de la Virgen de la Salud. ¿Y quién le dio la novela? Nadie, el trapero se la llevaba junto con un montón de revistas viejas y yo me la quedé. Este papel escrito,

¿ya estaba dentro o lo has puesto tú? Ya estaba en el libro, me ha servido de punto. Bueno, Rosi, te la cambio por un *Roberto Alcázar y Pedrín*. Qué roñoso, chaval. Lo tomas o lo dejas, niña. Vale, vale. Recogí la parada y me fui corriendo a casa de la Betibú. Le mostré al capitán Blay la nota y la novela y le conté lo ocurrido. Es una buena pista para encontrar a mi padre, capitán; seguro que ha leído esta novela. Calma, muchacho, vamos a estudiar el asunto detenidamente. Lo primero que hizo el capitán fue ponerse a leer el libro, pero en seguida lo dejó. Menuda birria, parece una novela de Baltasar Porcel (autor que en 1947 afortunadamente yo desconocía). El capitán reflexionó un rato y acto seguido se hizo cargo de la situación. Esta nota parece indicar que el heroico luchador antifranquista está más cerca de nosotros de lo que pensábamos; tu padre está o ha estado escondido en casa de la viuda Fullat, miembro fundador del Virolai Vivent, la congregación de separatistas que rinde culto a la Moreneta y a la patria. Le veo confortablemente instalado en esa discreta torre, en un pabellón camuflado entre los árboles al fondo del jardín: el reposo del guerrero, que entretiene las horas limpiando y engrasando su pistola, o conversando con la viuda, o leyendo. Tal vez ha leído esta novela, o tal vez no, eso es lo de menos; el caso es que escribió la nota de encargo, alguien le compraría las cosas y luego dejaría la nota entre las páginas de la novela; sería la misma viuda o la criada. Yo arrugué la nariz: no me imagino a mi padre leyendo una novela de amor. No sabes de lo que es capaz tu padre, muchacho. En cualquier caso, está muy claro que ha tenido contacto con la viuda Fullat. Haremos una visita a esta guapa señora.

JUAN MARSÉ

Después de la complejidad narrativa de *Si te dicen que caí* y *Un día volveré*, *Ronda del Guinardó* parece renunciar a la multiplicidad de las voces narrativas que caracterizaba las novelas precedentes en favor de un narrador único. No por ello desaparece la polifonía del relato. Si se manifiesta ya en los enunciados de los personajes, es aun más patente en las relaciones que se establecen entre éstos y la instancia narradora, en el juego irónico, en la colaboración de las dos instancias en el acto narrativo y en la ambigüedad mantenida entre las diferentes voces del relato. En el juego polifónico la escritura es mimética, hace lo que dice a propósito del mundo de la ficción, pero establece también una serie de inversiones entre lo di-

Ilustración de Luis Sánchez Robles
(«Corrupción de la rosa». Colección Particular», El País, 7 de mayo de 1989).

cho y la manera de decirlo que permite proponer una nueva versión
de la Historia desde el punto de vista de los que habían sido priva-
dos del habla, con los que se solidariza el narrador.

GENEVIÈVE CHAMPEAU

El marco espacial de la ficción mantiene una correspondencia destacable con la distribución temporal [ceñida y concentrada], puesto que las piezas que enmarcan el trazo narrativo, consagrado en su
totalidad a la «ronda» de los dos protagonistas, remachan la fatali-
dad del espacio cerrado: del orfanato al orfanato, pasando por la
comisaría, el chiringuito y el depósito de cadáveres, lugares todos
que imprimen una tonalidad fronteriza con lo hostil y lo sórdido,
capaz de cuestionar los valores hospitalarios de la interiorirdad. Es

una visión determinada de las cosas, confirmada por un detalle recurrente de la construcción narrativa. En el primer movimiento, que se desarrolla en interiores (el orfanato, la comisaría), se intercala un pasaje de exteriores consistente en el breve encuentro entre el inspector y Rosita (capítulo 2); en el segundo movimiento, que sitúa el de los personajes en un espacio exterior, hay un pasaje ubicado en la frontera entre el adentro y el afuera, en «la penumbra del rellano», pasaje consagrado significativamente a la escena de la masturbación colectiva. Esta interpenetración de los espacios es portadora de una doble intención.

Con ella se logra, en primer lugar, disponer en el texto indicios de valor prospectivo: el primer encuentro de los dos protagonistas, bajo el signo de las reticencias y amagos de huida de Rosita, prefigura la peregrinación conjunta que deberán realizar; el episodio bañado por la luz amarilla procedente de la terraza de la casa de Concha Fullat presagia la escena de la prostitución. Estos recursos de anuncio contribuyen a la tensión que vehicula el relato y no son ajenos a su inscripción en el campo literario de la novela policíaca. Con todo, tienen un objetivo aun más importante: dotar al espacio de una ambivalencia fundamental. Cómo leer, si no, la visión que Pedrito tiene de Rosita en el momento preciso: «–Ya estás –advirtió ella–. Ahora te vino, no digas que no», cuando el onanismo produce sus efectos: «Entonces, mientras la veía restregarse con saliva, el niño se la figuró apresuradamente tumbada de espaldas junto a la fogata con la falda en la cintura y luego espatarrada y gimiendo sobre la negra carretilla del carbonero».

En esta *aventi* mental se superponen, mediante la imagen de la fogata –elemento común al descampado y al jardincillo adyacente de Maya– el espacio de la violación y el de la prostitución. La falda levantada y la negra figura del carbonero contribuyen a endeudar los sentidos positivos del verbo: los gemidos de Rosita, a pesar del contexto onanista, jamás podrían ser de placer. De este modo, las actividades sexuales –menuda burla tener que calificar así a la violación– se confunden en una misma condena: en *Ronda del Guinardó*, el cuerpo ignora el placer.

Georges Tyras

Su estilo, rápido, apto para caracterizar los datos inmediatos de la realidad que plasma, es fluido y, se diría, que, casi, inexistente. Es un estilo mucho más apoyado en el sustantivo que en los adjetivos y, por lo demás, muy característico, casi no se percibe como «estilo al uso» porque transita por la novela perfectamente embebido en los tipos y lugares, en las situaciones que presenta. Marsé sitúa la escena, la echa a vivir ante los ojos del lector, casi con volumen, sonido y olor propio. La capacidad para urdir diálogos, tan plásticos que vemos y oímos a quien los dice, puede pasar desapercibida, porque no parecen escritos, sino dichos. Sabe cómo dotar de movilidad y gestualidad a sus personajes de manera que un gesto explique una manera de ser. En sus novelas las frases componen auténticas puestas en escena.

MARÍA-DOLORES ALBIAC BLANCO

HISTORIA DEL TEXTO

Entre la primera edición y las sucesivas, a partir de la de Lumen, del año 2000, que revisa el autor (y que es, lógicamente, la que he seguido en la presente edición), hay numerosas variantes, aunque al cabo ninguna de ellas venga a contrariar lo más mínimo el significado original del texto. Ni siquiera las encontramos en cada uno de los capítulos: el séptimo y el octavo, por ejemplo, se conservan intactos. A diferencia de lo que suele ocurrir cuando Marsé corrige sus obras, en esta ocasión prolonga su escritura, a veces hasta varias líneas seguidas, para matizar alguna frase cuyo sentido ha quedado velado o, con mayor frecuencia, para mantener un trecho más la atmósfera de misterio o tensión que caracteriza una determinada escena, como puede observarse al comienzo del capítulo cuarto (p. 126) o en el sexto (p. 169), tal y como se muestra más adelante. En definitiva, los abundantes cambios que introduce no llegan a modificar el sentido profundo de la obra, pues por lo común suelen ser arreglos sintácticos a base de adjetivaciones («Menudo imbécil», p. 169), aclaraciones verbales («repitió su misma voz de entonces», p. 160), o bien aposiciones que ahondan en la definición de ciertos caracteres («el niño sin manos», p. 168).

Dejando de lado que buena parte de las incursiones del

autor sirvan sobre todo para adjetivar aquí y allá ciertos pasajes, otras veces, asimismo, introduce un paréntesis en boca del narrador («El frío de la culata no lo sentía en la palma, sino en el corazón, y, por un instante, el ansiado fervor de la pólvora le nubló la mente», p. 96), o bien decide alargar un diálogo entre el inspector y la niña a fin de sostener la tensión de una atmósfera que, a todas luces, se ha vuelto irrespirable: donde la primera edición (p. 169) decía «–Es que me estás atabalando, hija. –Ah. Pues me callo», leemos ahora: «–Es que me estás atabalando, niña. Pero te diré una cosa. Este trabajo no te conviene. –¡Pues claro! ¡Qué bien! ¿Y sabe usted de otro mejor? –Deberías dejarlo, te lo dije antes. –¡Mira qué listo el señor! ¿Y usted por qué no deja el suyo? –Hablaré con mi cuñada. Y no me atabales más. –¿Ah, no? Entonces me callo» (p. 169-170).

En resumidas cuentas, Marsé añade siempre para matizar el significado de algunos episodios, ya sea perfilando una escena en particular, tal como sucede en aquellas que tratan sobre la violación y la creciente prostitución de la niña, con lo que se acentúa la carga de violencia contenida; ya sea aumentando la expresividad y representación por medio de descripciones más detalladas. Es lo que ocurre, por ejemplo, al catalanizar el nombre del personaje de Concha, quien pasa a ser Conxa, lo que parece lógico, sobre todo si recordamos que en *El embrujo de Shanghai* se cuenta que ella siempre le hablaba en catalán al capitán Blay, su marido, a pesar incluso de que éste sólo le respondiera en castellano. Con este último personaje comete un error en la primera edición que rectifica diligentemente en las siguientes, como se explica en la correspondiente nota al texto (véase la nota 19 del capítulo 4).

BIBLIOGRAFÍA

El sentido de esta lista bibliográfica, que no pretende ser exhaustiva, es múltiple, y a ello responde su división en varias secciones. En primer lugar, se relacionan las obras de Marsé que aparecen citadas a lo largo del prólogo y en las notas; el lector deberá buscar aquí las referencias a las ediciones empleadas (en cada entrada cito primero la que voy a utilizar, la que el autor ha dado por definitiva, y añado las demás que creo que pueden tener interés; las cifras entre corchetes remiten siempre a la primera). Siguen las ediciones de la novela corta que nos ocupa. A continuación se ofrece la principal bibliografía en torno al autor: los libros sobre Marsé y los artículos y reseñas sobre *Ronda del Guinardó*. He querido añadir a continuación las entrevistas más importantes que ha concedido Marsé, pues constituyen una fuente preciosa de información sobre su creación (además, el lector encontrará aquí las referencias completas al origen de muchas de las citas que aparecen en el prólogo).

I. Obras citadas de Juan Marsé

Encerrados con un solo juguete, Lumen («Palabra en el tiempo», 275, «Biblioteca Juan Marsé»), Barcelona, 1999 [1960].

Últimas tardes con Teresa, Acento («Club de los clásicos», 10), Madrid, 1988, con apéndice de Lluís Izquierdo y notas de Carles Álvarez; revisada por el autor en Seix Barral («Biblioteca Breve», 232), Barcelona, 1975[7] [1966].

La oscura historia de la prima Montse, Lumen («Palabra en el tiempo», 279, «Biblioteca Juan Marsé»), Barcelona, 2000; *Los misterios de colores*, Primera Plana («Grandes autores. Biblioteca de Literatura Universal», 22), Barcelona, 1993 [1970].

La gran desilusión, Seix Barral («Biblioteca Breve»), Barcelona,

2004; reedición de *Imágenes y recuerdos. 1939-1950. Años de penitencia*, Difusora Internacional, Barcelona, 1970.

Si te dicen que caí, Lumen («Palabra en el tiempo», 282, «Biblioteca Juan Marsé»), Barcelona, 2000; Novaro, México, 1973; ed. de William M. Sherzer en Cátedra («Letras Hispánicas», 167), Madrid, 1985²; versión corregida por el autor en Seix Barral («Biblioteca Breve»), Barcelona, 1989. La primera edición española (Seix Barral, Barcelona, 1976) llevaba un prólogo de Dionisio Ridruejo que en su origen fue una reseña publicada en la revista *Destino*.

Señoras y señores, Tusquets («Cuadernos ínfimos», 136), Barcelona, 1988 [1975].

Confidencias de un chorizo, Planeta («Fábula», 11), Barcelona, 1977, con ilustraciones de Kim.

Señoras y señores, Planeta («Fábula», 16), Barcelona, 1977, con prólogo de Manuel Vázquez Montalbán.

La muchacha de las bragas de oro, Planeta (*Booket*), Barcelona, 2002 [1978].

Un día volveré, Barcelona, Seix Barral («Biblioteca Breve»), 1989 [1982].

La fuga del río Lobo, Debate, Madrid, 1985.

Teniente Bravo, Lumen («Palabra en el tiempo», 283, «Biblioteca Juan Marsé»), Barcelona, 2000; Seix Barral («Biblioteca Breve»), Barcelona, 1987.

Colección particular, sección en *El País* que contó con trece entregas entre el 4 de diciembre de 1988 y el 21 de mayo de 1989.

El amante bilingüe, Planeta («Autores Españoles e Hispanoamericanos»), Barcelona, 1990.

El embrujo de Shanghai, Lumen («Palabra en el tiempo», 314, «Biblioteca Juan Marsé»), Barcelona, 2002; Plaza & Janés («Ave Fénix. Serie mayor», 1), Barcelona, 1993.

Las mujeres de Juanito Marés, ed. de José Méndez, Espasa Calpe, Madrid, 1997.

Rabos de lagartija, Lumen («Areté»), Barcelona, 2000.

Un paseo por las estrellas, RBA, Barcelona, 2001.

Cuentos completos, ed. de Enrique Turpin, Espasa Calpe («Austral», 536), Madrid, 2002.

Momentos inolvidables del cine, Carrogio, Barcelona, 2004.

II. Ediciones de *Ronda del Guinardó*

Seix Barral («Biblioteca Breve», 653), Barcelona, 1984.
Plaza & Janés («Ave Fénix»), Barcelona, 1995.
Círculo de Lectores, Barcelona, 1997, con ilustraciones de Julián Grau Santos.
Lumen («Palabra en el tiempo», 288, «Biblioteca Juan Marsé»), Barcelona, 2000, edición corregida por el autor.

III. Libros sobre Juan Marsé

Amell, Samuel, *La narrativa de Juan Marsé, contador de aventis*, Playor, Madrid, 1984 (sobre *Ronda del Guinardó*, véanse las pp. 146-159).
Belmonte Serrano, José, y José Manuel López de Abiada, eds., *Nuevas tardes con Marsé. Ensayos sobre la obra literaria de Juan Marsé*, Nausícaä, Murcia, 2002 (sobre *Ronda del Guinardó*, véanse las pp. 227-230).
Seguin, Jean-Claude, ed., *Shanghai. Entre promesse et sortilège*, Le Grimh, Lyon, 2004.
Sherzer, William H., *Juan Marsé entre la ironía y la dialéctica*, Fundamentos, Madrid, 1982.
Valls, Fernando, y otros, eds., *Miguel Espinosa, Juan Marsé, Luis Goytisolo. Tres autores claves en la renovación de la novela española contemporánea*, Ayuntamiento, El Puerto de Santa María, 1999.

IV. Capítulos de libros, artículos y reseñas

Aguilar Pérez, Lorenzo, «Hedor dulce y podrido», *Olvidos de Granada*, 11 (noviembre de 1985), p. 36.
Albiac Blanco, María-Dolores, «*Ronda del Guinardó*. Los círculos del infierno», *Bulletin Hispanique*, 2 (diciembre de 2002), pp. 965-985. Número de homenaje a François López.
Alcover Ibáñez, Norberto, «Una delicia narrativa», *El Día* (Palma de Mallorca), 27 de julio de 1984.
Alonso, Cecilio, «"Teniente Bravo". Juan Marsé», *Quimera*, 242-243 (abril de 2004), pp. 68-69.
Alonso, Santos, «Las calles de Juan Marsé», *Reseña*, 152 (septiembre y octubre de 1984), p. 152.

Amell, Samuel, «Cine y novela en la España del siglo xx: el caso de Juan Marsé», en George Cabello Castellet y otros, eds., *Essays on Peninsular Film and Fiction*, Portland State University, Oregon State University y Ree College, 1992, pp. 55-65.

—, «Juan Marsé y el cine», *Cuadernos para la Investigación de la Literatura Hispánica*, 22 (1997), pp. 55-65.

Amorós, Andrés, «Un barrio, un mundo», *Diario 16*, 3 de junio de 1984.

Arana, Juan Ramón de, «*Ronda del Guinardó*: responsabilidad y desencuentros en la historia», en Fernando Valls y otros, eds., *Miguel Espinosa, Juan Marsé, Luis Goytisolo. Tres autores claves en la renovación de la novela española contemporánea*, Ayuntamiento, El Puerto de Santa María, 1999, pp. 147-155.

Ayala-Dip, Ernesto, «El desafío de cien páginas», *Quimera*, 39-40 (julio y agosto de 1984), p. 110.

Blanco Vila, Luis, «Juan Marsé en tono menor», *Ideal*, 11 de junio de 1984.

Bonet, Laureano, «Luis Goytisolo y Juan Marsé: los "rumores verdes" y los "perfumes pútridos"», en *El jardín quebrado. La Escuela de Barcelona y la cultura del medio siglo*, Península, Barcelona, 1994, pp. 185-201.

Carreras i Verdaguer, Carles, «La ciutat de Barcelona a les novel.les de Joan Marsé», *Revista Catalana de Geografia*, 1 (diciembre de 1985), pp. 46-58.

Cercas, Javier, «Cuestiones "marsistas"», *El País. Cataluña*, 19 de octubre de 1999.

Conte, Rafael, «Juan Marsé, entre el realismo y el mito», *El País*, 29 de abril de 1984.

Champeau, Geneviève, «*Ronda del Guinardo* de Juan Marsé: un roman polyphonique», *Bulletin Hispanique*, 95, I (enero-junio de 1993), pp. 203-223.

—, «Diégèse et littéralité», en *Littéralité 3, L'image dans le tapis*, Presses Univesitaires de Bordeaux, Burdeos, 1997, pp. 75-93.

—, «Juan Marsé o el realismo trascendido», en Fernando Valls y otros, eds., *Miguel Espinosa, Juan Marsé, Luis Goytisolo. Tres autores claves en la renovación de la novela española contemporánea*, Ayuntamiento, El Puerto de Santa María, 1999, pp. 71-85.

Estruch Tobella, Joan, «El català en la narrativa castellana escrita a Catalunya. Els casos de Mendoza, Marsé y Vázquez Montalbán», *Catalan Review*, VIII, 1-2 (1994), pp. 153-160.

F.G.O., «La sustancia trágica de Juan Marsé», *La Voz de Asturias*, 4 de mayo de 1984.

Forment, Albert, *José Martínez: la epopeya de Ruedo Ibérico*, Anagrama, Barcelona, 2000, pp. 200, 201, 204, 205, 219-221.

García-Posada, Miguel, *ABC*, 5 de mayo de 1984.

Gilabert, Joan, «Barcelona en la obra de Juan Marsé», *Hispanic Journal*, 6 (primavera de 1985), pp. 97-105.

—, «Catalunya y la obra de Juan Marsé», *Ojáncano*, 1, octubre de 1988, pp. 61-70.

Guerrero Martín, José, «Juan Marsé ha terminado su última novela, que lleva por título *Rosita y el cadáver*», *La Vanguardia*, 28 de febrero de 1984.

Lorenes, Óscar, «Solapadamente rubia», *Información*, 10 de mayo de 1984.

Mainer, José-Carlos, «Vistas desde la Ronda del Guinardó», *Libros*, 28 (junio de 1984), pp. 6-8.

—, «1970. El negador de la memoria», en *De postguerra (1951-1990)*, Crítica, Barcelona, 1994, pp. 103-106.

—, «Novelistas españoles del siglo xx (IV). Juan Marsé», *Boletín Informativo de la Fundación Juan March*, 320 (mayo de 2002), pp. 3-12.

Marsé, Juan, «Primera página, primer latido», *El Sol*, 5 de octubre de 1990.

—, «Últimas barracas del Carmelo», *El País*, 11 de noviembre de 1990.

—, «Algo más que saberse el papel de memoria y no tropezar con los muebles del decorado», *El País Semanal*, 31 de marzo de 2002, p. 49.

—, «Muchacha en una bicicleta de hombre», *El País*, 30 de agosto de 2002.

Martín Nogales, José Luis, «El barrio barcelonés», *El Diario Vasco* (San Sebastián), 30 de junio de 1984.

Ordóñez, Marcos, «Una topografía sentimental», *El Correo Catalán*, 11 de mayo de 1984.

Pàmies, Sergi, «Ronda Marsé», *El País. Cataluña*, 6 de octubre de 2002.

Ramond, Michèle, «Una poetización del referente (*Ronda del Guinardó* de Juan Marsé)», en Yvan Lissorgues, ed., *La renovation du roman espagnol depuis 1975*, Presses Universitaires du Mirail, Toulouse, 1991, pp. 53-63.

Riera, Carme, «El río común de Juan Marsé y Jaime Gil de Biedma», *Quimera*, 41 (septiembre de 1984), pp. 56-61.

Ríos Ruiz, Manuel, «Las "aventis" de Juan Marsé, el novelista de nuestro tiempo», *Nueva Estafeta*, 27 (febrero de 1981), pp. 71-74.

Rodríguez, Juan, «La fábrica de sueños en la narrativa de Juan Marsé», *Hispanística XX*, 15 (1997), pp. 297-310.

Sagarra, Joan de, «En Grenoble nos quieren», *El País. Cataluña*, 9 de abril de 2000.

—, «El Pijoaparte», *El País. Cataluña*, 6 de octubre de 2002.

—, «Señoritos de mierda», *El País. Cataluña*, 13 de octubre de 2002.

—, «¡Premio!», *El País. Cataluña*, 20 de octubre de 2002.

—, «El Pijoaparte», *El País. Cataluña*, 9 de noviembre de 2003.

Sarrias, Cristóbal, «Juan Marsé o la erótica del suburbio», *Vida Nueva*, 19 de mayo de 1984, y *Ya*, 24 de junio de 1984.

Sin firma, «*Ronda del Guinardó*, de Juan Marsé», *La Voz de Galicia*, 30 de agosto de 1984.

Sin firma, *Heraldo de Aragón*, 25 de mayo de 1984.

Sin firma, *La Verdad*, 6 de mayo de 1984.

Sobejano, Gonzalo, *Novela española de nuestro tiempo (en busca del pueblo perdido)*, Prensa Española, Madrid, 1975², pp. 446-459.

Suñén, Luis, «Juan Marsé y Andrés Berlanga: realidad y literatura», *Ínsula*, 453 (septiembre de 1984).

Susanna, Àlex, «La última ronda de Juan Marsé», *La Vanguardia*, 26 de abril de 1984.

—, «L'embruix d'una tarda amb Juan Marsé pel Guinardó», *El Món*, 4 de mayo de 1984.

Tena, Jean, «Les voix (les voies) de la mémoire: *Ronda del Guinardó* et *Teniente Bravo* de Juan Marsé», *Les Cahiers du C.R.I.A.R.*, 8, 1988, pp. 123-135.

Tyras, Georges, «L'inspecteur et son corps du délit», *Hispanística XX*, 9 (1992), pp. 237-251.

—, «Suspense pour un agent double», en Jean Alsina, ed., *Suspens/Suspense*, CRIC, Université Toulouse-Le Mirail, 1993.

Valls, Fernando, «Un enmascarado loco de amor...», *La Vanguardia*, 28 de septiembre de 1990.

—, «Fiebre y quimera del mundo», *Turia*, 26 (noviembre de 1993), pp. 297-302.

—, «Siempre con Juan Marsé», *El País. Cataluña*, 30 de noviembre de 1997.

—, «Una jornada particular en la Ronda del Guinardó», *Cuadernos Hispanoamericanos*, 628 (octubre de 2002), pp. 17-24. Recogido en *La realidad inventada. Análisis crítico de la novela española actual*, Crítica, Barcelona, 2003, pp. 95-103.

Vila-Matas, Enrique, «El pirata caribeny», *El País. Cataluña*, 12 de octubre de 2000.

Vilanova, Antonio, «Juan Marsé o la desmitificación del progresismo estudiantil y del romanticismo revolucionario», en *Novela y sociedad en la España de posguerra*, Lumen, Barcelona, 1995, pp. 441-445 [1966].

www.juan-marse.com

V. Entrevistas y reportajes

Alameda, Sol, «La mirada leal», *El País Semanal*, 7 de agosto de 1994, pp. 28-34.

Álvarez Garriga, Carles, y Manolo Martín Soriano, «L'entrevista bilingüe. Juan Marsé: a la contra y no en busca», *El ojo de la aguja*, 7 (1996), pp. 49-64.

Amell, Samuel, «Conversación con Juan Marsé», *España Contemporánea*, I, 2 (primavera de 1988), pp. 91-92.

Arco, Manuel del, *La Vanguardia*, 31 de diciembre de 1964.

Arroyo, Francesc, *El País*, 11 de marzo de 1982.

Assens, Domingo, *El Correo de las Letras*, 1 (abril de 1995), pp. 3-6.

Berasategui, Blanca, *ABC literario*, 21 de mayo de 1993.

Campbell, Federico, «Juan Marsé o el escepticismo», en *Infame turba. Entrevistas a pensadores, poetas y novelistas en la España de 1970*, Lumen, Barcelona, 1971, pp. 218-227.

Casals, Montse, «Los años 50 de Juan Marsé», *El País Semanal*, 31 de julio de 1989.

Claudín, Víctor, «Juan Marsé. La barriada como mundo literario», *Liberación*, 17 de febrero de 1985.

Cruz, Juan, «Juan Marsé. El escritor descalzo», *Gentleman*, 2 (noviembre de 2003), pp. 50-56.

Freixas, Ramón, «Hipnotizar por la imagen», *Quimera*, 41 (septiembre de 1984), pp. 51-55.

Gil, Pilar, «Chicos de barrio. Juan Marsé: la vida de un niño en plena calle», *La Vanguardia Domingo*, 6 de septiembre de 1987, pp. 48 y 49.

Goñi, Javier, «Juan Marsé sigue con el dedo en el gatillo de la memoria», *El Adelanto*, 28 de abril de 1984, y *Diario de Navarra*, 30 de abril de 1984.

Gutiérrez Pérez, Agustín, *Ajoblanco*, extra 2 (Especial Literatura), invierno de 1995, pp. 32-37.

Huelbes, Elvira, *El Mundo. La Esfera*, 5 de junio de 1993, p. 7.

Ivars, María Jesús, «Juan Marsé reincide en las historias de barrio con *Ronda del Guinardó*», *El Noticiero Universal*, 12 de abril de 1984.

López, Óscar, «Por la Ronda de Marsé», *El Periódico*, 3 de enero de 2003.

Marsé Carbó Faneca, Juan, «Juan Marsé por Juan Marsé. Dos o tres cosas que sé de mí (de oídas)», *El Mundo. El Cultural*, 3 de mayo de 2000, pp. 20-22.

Martí Gómez, José, *La Vanguardia. Magazine*, 14 de mayo de 2000, pp. 36-44.

Montero, Rosa, *El País Semanal*, 9 de octubre de 1977.

Olmos García, Francisco, «La novela y los novelistas españoles de hoy», *Cuadernos Hispanoamericanos*, CXXIX, julio y agosto de 1963, p. 219.

Ordóñez, Marcos, «Confesiones de Marsé, con el corazón bilingüe a cuestas», *ABC literario*, 26 de marzo de 1988.

—, «Un paseo con Juan Marsé», *CO&CO*, 10 (1993), pp. 4-17.

—, «Marsé y sus fantasmas», *Qué leer*, 45 (junio de 2000), pp. 31-34.

Permanyer, Lluís, «Juan Marsé. Obrero de la cultura. Contestación al Cuestionario [Proust]», *La Vanguardia*, 27 de mayo de 1979.

Pita, Elena, *El Mundo. Magazine*, 30 y 31 de diciembre de 1994, pp. 10-12.

Pottecher, Beatriz, «Juan Marsé. Un paseo por el amor, la fabulación y el sarcasmo», *El Mundo. La Esfera*, 14 de octubre de 1990.

Rodríguez, Emma, «El escritor y su ciudad», *El Mundo. La Esfera*, 17 de julio de 1993.

Rodríguez-Fischer, Ana, «Entrevista a Juan Marsé», *Ínsula*, 534 (junio de 1991), pp. 23 y 25.

Roglán, Joaquim, «La Barcelona de Marsé. La ciudad embrujada», *La Vanguardia*, 31 de marzo de 2002.

Roig, Montserrat, «Juan Marsé o la memoria enterrada», en *Los hechiceros de la palabra*, Martínez Roca, Barcelona, 1975, pp. 84-91.

Sabartés, Elisabet, «Joan Marsé prepara una novel.la escrita en català», *Avui*, 21 de julio de 1984.

Sagarra, Joan de, «El París de Juan Marsé», *El País Semanal*, 27 de
agosto de 2000.

San Agustín, Arturo, *El Periódico*, 6 de julio de 1984.

Sin firma, *El Mundo*, 29 de mayo de 1993.

Sinnigen, Jack, «Entrevista con Juan Marsé», en *Narrativa e ideología*, Nuestra Cultura, Madrid, 1982, pp. 111-122.

Prat, Jordi, y Thierry Guichard, «Le chantre des sans voix», *Le ma-
tricule des anges*, 53 (mayo de 2004), pp. 20-23.

Torres, Maruja, «El Pijoaparte por la Barcelona de Marsé», *El País
Semanal*, 3 de septiembre de 1995, pp. 36-45.

VV.AA., *Dossier Juan Marsé, Cuadernos Hispanoamericanos*, 628
(octubre de 2002), pp. 7-57, número coordinado por Marcos
Maurel.

Vázquez Montalbán, Manuel, «Juan Marsé, el novelista encerrado
con un solo juguete», *Solidaridad Nacional*, 26 de noviembre de
1960, reproducida en *El Periódico*, 24 de octubre de 2003.

—, «La memoria de Juan Marsé», *El País Semanal*, 25 de noviembre de 2001.

Juan Marsé

Ronda del Guinardó

Novela

Seix Barral ↟ Biblioteca Breve

Cubierta de la primera edición de
Ronda del Guinardó.

RONDA DEL GUINARDÓ

título. *Ronda del Guinardó* debe entenderse como 'recorrido por la barriada del Guinardó', pues sólo a finales de los años noventa se construyó la Ronda del Guinardó, que une la Plaza de Lesseps con la Avenida Río de Janeiro de Barcelona.

Para Berta y Sacha,*
jugando en otras calles.

* Son los hijos de Juan Marsé. Berta nació en 1970 e ilustró el único relato infantil del autor, *La fuga del río Lobo* (1985); Sacha es Alejandro, nacido en 1968.
Ambos no sólo nacieron en otro barrio sino que han tenido la fortuna de vivir
en otra España, y a ello se refiere la dedicatoria.

Érase una vez una coincidencia que había salido de paseo en compañía de un pequeño accidente; mientras paseaban, encontraron una explicación tan vieja, tan vieja, que estaba toda encorvada y arrugada y parecía más bien una adivinanza.

Lewis Carroll
Silvia y Bruno*

---

* La cita, como se comenta en el prólogo, apela al sentido de la novela, como una posible explicación de los efectos del primer franquismo en la sociedad española. El escritor británico Lewis Carroll (1832-1898), profesor de matemáticas en Oxford y fotógrafo, publicó *Silvia y Bruno* en 1889. Su actual prestigio se debe, sobre todo, a las novelas *Alicia en el país de las maravillas* (1865) y *A través del espejo* (1871).

El inspector tropezó consigo mismo en el umbral del sueño y se dijo adiós, pedazo de animal, vete al infierno. Desde el bordillo de la acera, antes de cruzar la calle, miró por última vez la desflecada palma amarilla y la ramita de laurel sujetas a los hierros oxidados del balcón,[1] pudriéndose día tras día amarradas a los sueños de indulgencia y remisión que anidaban todavía en el interior del Hogar. Siempre sospechó que el infierno empezaba aquí, tras los humildes emblemas pascuales uncidos a esa herrumbre familiar.

Este escarpado y promiscuo escenario de La Salud nunca había sido para él un simple marco de sus funciones de policía, sino el motor mismo de tales funciones.[2] Habían pasado tres años desde su traslado y otras competencias lo alejaron del barrio, pero nunca logró desconectar su imaginación sensorial y su belicoso olfato de estas calles enrevesadas y de su vecindario melindroso, versado en la oculta-

1. Son los restos de la celebración del Domingo de Ramos. En Cataluña, la tradición establece que los padrinos regalen una palma a sus ahijados, y éstas solían dejarse adornando los balcones, por lo que acababan secándose con el paso del tiempo. Es un motivo frecuente en todas aquellas obras del autor cuya acción transcurre durante los años cuarenta, como en *Si te dicen que caí* (pp. 16 y 56). 2. La barriada de La Salud empezó a formarse en 1866 en torno al santuario dedicado al culto de la Virgen, de la que tomó el nombre. En ella pasó su infancia el autor, aunque el espacio físico que recrea en su obra se componga también de lugares de Gracia, el Guinardó y el Carmelo. «Calles sin pavimentar, tapias erizadas de vidrios rotos y aceras despanzurradas donde crecía la hierba, eso era el barrio»; «las fronteras del barrio, los límites invisibles pero tan reales de los dominios de los kabileños y charnegos, la línea imaginaria y sangrienta que los separaba de los finolis del Palacio de la Cultura y de La Salle, niños de pantalón de golf jugando con gusanitos de seda en sus torres y jardines de la Avenida Virgen de Montserrat (*Si te dicen que caí*, pp. 12 y 32). En *El amante bilingüe* Norma le comenta a Faneca que le gusta el barrio (p. 209), lo mismo que dirá a Teresa el Pijoaparte. Toda la geografía urbana de la ciudad (montes, barrios, calles y plazas) a la que se alude en la novela es real. No

ción y la maulería.[3] En el recuerdo enquistado de rutinarias inspecciones y registros domiciliarios persistía un cálido aroma a ropa planchada y almidonada, a festividad clandestina y vernácula, ilegal y catalanufa.[4]

Conminado desde hacía rato por un peso en el corazón, el inspector abrió los ojos sentado en el recibidor celeste tachonado de estrellas de púrpura, ciertamente nada apropiado como antesala del infierno. Sintió en el vientre la culebra de frío enroscándose y miró el revólver en su mano como si descifrara un sueño. Habría jurado que le quitó el seguro. El frío de la culata no lo sentía en la palma, sino en el corazón, y, por un instante, el ansiado fervor de la pólvora le nubló la mente. Volvió a su boca el sabor mansurrón a eucalipto del caramelo olvidado entre el paladar y la lengua, menguado ya su tamaño hasta el sarcasmo: más o menos del calibre 9 milímetros, calculó taciturno. Deslizó el arma en la funda sobaquera y se levantó de la silla empapado en sudor.

Llevaba una eternidad esperando bajo aquel cielo de Belén pintado por las huérfanas en las últimas Navidades. La niña descalza que abrió la puerta y lo saludó con voz de trompetilla había desembarazado la silla de madejas de lana para que él se sentara y lo había espiado maliciosamente en el espejo del perchero mientras simulaba enderezar los toscos uniformes mal colgados, con sus cuellos y puños todavía calientes de almidón; luego, obsequiándole con una tos perruna tan seca y espantosa que parecía falsa,[5] de rechifla, había echado a correr por el pasillo hacia el estallido de sol y de risas en la galería. El inspector se adormiló concienzudamente en la penumbra azul. Pudo distinguir más tarde, entre el parloteo de las huérfanas y el rumor de colchones sacudidos, la vocecita resabiada de la niña:

menos reales son también los lugares de espectáculos (cines, locales donde se celebraban veladas de boxeo, etc.) y los hospitales.   3. *maulería*: 'y el engaño, la trampa, el fingimiento'; es catalanismo.   4. 'catalanista', en sentido despectivo.
5. En «Historia de detectives», Marsé singulariza al joven David por su «tos pedragosa y espesa como una mermelada barata» (*Teniente Bravo*, pp. 18, 22 y 29).

«Es él, señora directora. Está sentado en el recibido y parece un sapo dormido.[6] Habla en sueños y dice palabrotas y tiene la cara verde como el veneno.» Nuevo alboroto en la cuadrilla de la limpieza y casi en el acto el graznido autoritario de la directora imponiendo silencio: «Te he dicho mil veces que no friegues descalza, Puri. Qué querrá ahora este pelma desgraciado...».

El inspector recibió el doble insulto de su cuñada con un bostezo. Presentía la espiral del escalofrío en la ingle y evitó su propia imagen en el espejo contemplando a la Virgen de Fátima que presidía la salita-paraíso desde su hornacina en el rincón, entre dos vasos con rosas y velitas chisporroteantes.

Puri volvió acarreando un cubo de agua.

–Dice la directora que bueno. Que pase.

En la galería trabajaban las huérfanas con pañuelos liados a la cabeza, chismorreando nimbadas de luz, muertas de la risa. Algunas, sentadas de cara a las rotas vidrieras, el cojín cilíndrico entre los muslos, hacían encaje de bolillos.[7] Vieron al inspector parado de perfil en mitad del pasillo, mirándolas por encima del hombro. «¡Buenas tardes, señor inspector!», entonaron a coro. Inmóvil, la mano en el costado flatulento, él calibró un instante su risueño descaro, el pubertinaje de sus voces melifluas.[8] No vio a Pilarín, o no supo verla.[9] Luego entró en el comedor.

---

6. El narrador, más adelante, se referirá también a su «prieta boca de rana» (p. 171). El señor Oms, el panadero estraperlista de «Historia de detectives», uno de sus personajes más antipáticos, se describe como «fati con ojos de rana venenosa» (*Teniente Bravo*, p. 23). 7. Primoroso y delicado procedimiento mediante el cual se teje un dibujo sobre un fondo. En Cataluña solían hacerse de blonda (encaje de seda). Más adelante, el narrador llama la atención sobre el «alegre gorjeo de los bolillos» (p. 101) y de cómo en casa de la Betibú se oía «el alegre tintineo de los bolillos» (p. 151). Volvemos a encontrarnos a este mismo personaje y a la señora Anita haciendo pequeños tapetes y centros de mesa con el encaje de bolillos en *El embrujo de Shanghai* (pp. 30, 35, 47, 100, 121 y 196). Véase también *Colección particular*. 8. *pubertinaje*: palabra compuesta de 'pubertad' y 'libertinaje' que define la conducta de unas jóvenes poco respetuosas o, como diría Marsé, 'furiosas' (véase la nota 12 del capítulo 4). 9. Sin apenas

La directora se afanaba en torno a la larga mesa y las sillas de enea desencoladas, sacudiéndolas con una gamuza.

—Aún no te han jubilado y ya empiezas a no saber adónde ir —dijo sin volverse—. ¿Qué quieres?

—¿Mi mujer no ha venido?

—Fue a un recado —acentuando el tono de reproche, su cuñada añadió—. Y no pienso discutir, si vienes a eso. Pili se queda aquí. No volverás a ponerle la mano encima.

—Merche la convencerá para que vuelva a casa.

—Tu mujer no hará eso.

—Si yo se lo mando, lo hará.

—Tú has dejado de mandar, al menos en tu casa.

Flaca y apergaminada, sobre la negra blusa camisera lucía el cordón morado de alguna promesa.[10] Que nunca jamás las huérfanas vuelvan a pasar hambre y frío como en el último invierno, pensó el inspector, que nunca jamás ninguna de ellas tenga que sufrir una vejación tan horrible como la de Rosita o una paliza como la de Pili...[11]

—Traigo tebeos —dijo el inspector—. ¿Ya habéis comido?

—Si quieres que te diga la verdad, no estoy muy segura. Pero tebeos no, a eso no hemos llegado, todavía.

—Siempre te estás quejando, puñeta.

—Bueno, ¿a qué has venido?

Seguía sacudiendo sillas y arrimándolas a la mesa. El inspector no decía nada y ella lo miró de refilón. Constató la dejadez de su persona, el cuello sobado de la camisa, la raída

presencia en la acción, este personaje alcanzará cierto relieve tanto en esta obra, debido al conflictivo trato que tuvo con el inspector, como en *Si te dicen que caí*, donde aparece como la esposa de Daniel Javaloyes, Java, y, por consiguiente, madre de los gemelos muertos en el accidente de coche que desata ahí la memoria de Ñito (pp. 39, 44, 50 y 172-174). 10. *cordón morado*: en estos años, por motivos piadosos (la mayoría relacionados, como aquí, con una promesa hecha a Dios o los santos), algunas mujeres adoptaron la costumbre de llevar un hábito; solía ser morado, marrón o negro; se llevaba en la cintura y colgando por un lado un cordón amarillo. 11. El autor toma el nombre de la protagonista de «Villa Rosita», una torre situada en la calle del Laurel, según ha comentado él mismo. Se alude también a este personaje en *Si te dicen que caí* (pp. 39 y 44) y *Colección particular*.

americana de desfondados bolsillos; sobre todo, las mejillas mal rasuradas y con arañazos. Pensó en su descalabrado estómago y en sus insomnios y dijo:

–Tienes mala cara.

–Nunca me sentí mejor.

–Mi hermana ya no sabe qué hacer contigo.

–No me extraña –gruñó el inspector–. Pasa más tiempo aquí que en casa.

Inició un bostezo lento y falaz, supuestamente saludable, pero de pronto imaginó el desgarro en la boca causado por la bala y el agobio de la sangre, y volvió la cara. Desde hacía seis meses dormía poco y malamente, revolcándose en un pedregal y chafándose los brazos roídos por una carcoma, pesados como leños. Anoche llegaron a torturarle tanto, que en sueños deseó cortárselos con un hacha; esta mañana al afeitarse aún no le obedecían del todo, como si fuesen los brazos de otro. Sin embargo, por muy jodido que estuviera, con resaca, la tensión alta y la moral en los talones, frente a este cardo borriquero vestida de exvoto se sentía fresco como una rosa.

El inspector sacó del bolsillo la bolsa de caramelos, algunos tebeos y cancioneros enrollados.[12] La bolsa cerraba con un lacito rojo que su cuñada, de un rápido vistazo, reconoció de la pastelería Montserrat, en la vecina calle Asturias. Las huérfanas aprovechaban estas cintas para sujetarse las trenzas y adornar las palmas del balcón. Cuidadosamente, el inspector dejó los regalos sobre la mesa.

–No he venido para hablar de esa mosquita muerta –comenzó a decir, y se paró a pensarlo–. Ya me ocuparé de ella en otro momento...

---

12. Los *cancioneros* eran folletos baratos que recogían las letras de las canciones populares de moda. Más adelante aparece otra referencia a «los sobados cancioneros de amor» (p. 147). En uno de los que les regala el inspector a las huérfanas se incluye «Perfidia» (véase la n. 9, p. 167). En otras de sus narraciones aparecen consideradas por las huérfanas de la Casa como una muy preciada posesión, además de encontrarse entre las escasas pertenencias que esconde la maleta de Forcat en *El embrujo de Shanghai* (p. 170).

—Déjame decirte una cosa —lo interrumpió su cuñada—. La niña no necesita que te ocupes de ella para nada. ¿Estamos?

La directora rodeó la mesa y al pasar junto a él captó el tufo a cuero sudado de su sobaco izquierdo.[13] Sus nervios dieron un respingo y vio otra vez a Pilarín cubriéndose la cabeza con los brazos y al inspector abofeteándola en mangas de camisa, luciendo sus negros correajes, furioso y encorsetado como una bestia ortopédica. Apartó los caramelos y los tebeos y pasó la gamuza antes de poner el tapete blanco y encima el jarrón. Luego se dirigió al aparador.

—En casa nunca se la trató como una criada —dijo el inspector—, sino como una hija. Ése fue el error.

—Está bien. ¿Algo más?

—Error tuyo y de Merche.

—No me levantes la voz. No estás en la comisaría.

Era un martes por la tarde y hacía un calor sofocante. Ella temía que su cuñado se quitara la americana mostrando aquella horrible funda sobaquera, como solía hacer dos veranos antes, cuando venía con Merche y traían ropa usada para las huérfanas y algún bote de confitura... Pero entonces era otro hombre.

—Tu mujer ha ido por unos patrones —dijo—. Está enseñando a hacer encaje a las niñas.

El inspector permanecía quieto junto a la mesa, mirando el jarrón. Adivinó la mano de su mujer en la disposición de los lirios y en el diseño del tapete. Recordó que al mes de casado, el piso ya estaba lleno de tapetitos como éste; incluso le hizo uno, diminuto, para el palillero de su mesita de noche.

---

13. En varias ocasiones se alude al sudor y olor de los sobacos, tanto de Rosita como del inspector (pp. 113, 126, 147 y 156). Aunque en la obra de Marsé la presencia de los malos olores sea frecuente como consecuencia de las penurias, de la falta de higiene de aquellos años de postguerra, este motivo en concreto, el olor de los sobacos, aparece también con la misma función en *La oscura historia de la prima Montse* (p. 17), *Un día volveré* (p. 54) e «Historia de detectives» de *Teniente Bravo* (p. 16).

Nunca pudo leer el diario en la cama sin hurgarse los dientes. Y siempre por toda la casa aquel alegre gorjeo de los bolillos, como si vivieran en una pajarería...

Finalmente el inspector dijo:

–Vengo por Rosita. Han cogido al hombre que la violó.

Por segunda vez en menos de una hora sintió el dedo helado hurgando en su ingle, y, casi en el acto, el testículo engullido velozmente por algún intestino, subiendo tripas arriba hasta alcanzar una altura que parecía superior a la de otras veces.

Su cuñada se había vuelto y lo miraba asustada.

–¿Estás seguro? ¿De verdad es él?

–Yo no he llevado el asunto. Pero seguro.

Ella no le quitaba ojo. Observó el furor dormido de sus pómulos altos, sembrados de negras espinillas.

–¿Y qué quieres de Rosita? No veo la necesidad de decírselo.

–Tú nunca ves nada –gruñó el inspector volviéndole la espalda–. La niña tiene que identificarlo. Vengo para llevarla al Clínico.[14]

–¿Al Clínico?

–Está muerto.

El inspector se paseaba como si tuviera los tobillos atados. Si camino un poco, bajará, pensó sin desanimarse, y empuñó los tebeos enrollados y se daba golpecitos en el costado. Explicó que esta madrugada lo habían encontrado tirado en un callejón del Guinardó,[15] con el cuello roto y apestando

14. El Hospital Clínico, también Facultad de Medicina, ocupa un edificio de ladrillo obra de Josep Domènech i Estapà (1904). Está situado en el Ensanche, en la calle Casanova. En su depósito de cadáveres, destino final de la ronda de Rosita y el inspector, trabaja Nito en *Si te dicen que caí*, cuando se ha convertido en un viejo celador que rememora ante Sor Paulina las aventuras de infancia en el barrio. 15. La barriada del *Guinardó* surgió de la urbanización a lo largo del siglo XX de diversas fincas agrícolas. El nombre se lo daba el Mas Guinardó, situado en un lugar privilegiado desde el que se divisaba la ciudad. Hasta 1936 seguía poblado por agricultores y artesanos, y todavía era un lugar de veraneo. Su brutal transformación comenzó con la llegada masiva de emi-

a vino; un perdulario, un muerto de hambre. En Jefatura creían que podía ser el mismo degenerado que ultrajó a Rosita.

–Es un momento –añadió–. Yo estaré a su lado.

–Pero qué más da, si está muerto. Dios le haya perdonado. Sea o no sea, qué puede importarle a la criatura.

El inspector se abanicó enérgicamente con los tebeos.

–Pero el asunto ha de quedar resuelto y archivado –dijo.

Su cuñada refunfuñó y fue a sentarse en la silla junto a una gran caja de cartón llena de ropa aparentemente inservible, un revoltijo de cuellos y puños de camisa. El inspector siempre se había admirado de los milagros que hacía esta bruja solterona para alimentar y vestir a las huérfanas.[16] La vio escoger algunas piezas y examinarlas detenidamente, amohinada, forzando la vista.

–Podrías ahorrarle un espectáculo tan desagradable, vaya –murmuró.

El inspector esperó callado, abanicándose, la otra mano en el derrengado bolsillo de la americana, el testículo todavía encaramado melancólicamente en algún altísimo recodo de las tripas. ¿Y si ya no bajara nunca?, se le ocurrió. Lo encontrarían allí arriba al practicarle la autopsia... Una dolencia de nombre extraño, según le dijo en cierta ocasión un sanitario del Cuerpo, con guasa: «Suele darse en los niños de pecho».

–Pues no me gusta que vaya, no señor –decía la directora–. ¿Por qué crees que la mandé con las monjas después de aquello? Le ha costado mucho recuperarse, más de un año.[17]

---

grantes en la década de los cincuenta. En *Últimas tardes con Teresa* se dice que antes de la guerra se componía «de torres y casitas de planta baja: eran todavía lugar de retiro para algunos aventajados comerciantes de la clase media barcelonesa ... Pero se fueron. Quién sabe si al ver llegar a los refugiados astrosos y agitanados de los años cuarenta ... El barrio está habitado por gentes de trato fácil, una ensalada picante de varias regiones del país, especialmente del Sur» (pp. 26-27). **16.** En *Rabos de lagartija* se comenta también que la señora Bartra «hace milagros con la ropa vieja y una aguja» (p. 25). **17.** También Susana, en *El embrujo de Shanghai*, pasa un tiempo recluida con unas monjas para intentar olvidarse de su trabajo como prostituta (p. 231).

Es una crueldad que vea a este hombre y tú deberías impedirlo.

—Yo no sé nada —gruñó el inspector—. Yo la orden que tengo es de llevarla al depósito del Clínico.

Volvió a dejar los tebeos sobre la mesa. El sudor había chupado la tinta y tenía los dedos tiznados. Arrugando la nariz explicó que, en estos casos, al muerto lo suelen «arreglar» antes de proceder a su identificación, de modo que estuviera presentable, precisando: «Lo lavan con jabón y una esponja». No quiso ahorrarle a su cuñada ningún detalle: Rosita lo vería limpio de sangre, mugre y piojos, e incluso peinado y afeitado.

—No somos tan bestias.

—Es tu trabajo y te gusta, y allá tú —dijo ella—. Nunca has servido para otra cosa, y ya eres viejo. Pero Rosita es todavía una niña. ¿Y si no quiere ir? No creas que se la maneja así como así.

—Que venga. Hablaré con ella.

—No está.

Rosita tenía mucho trabajo, compromisos que no podía eludir. «Aquí no vivimos del aire, señor mío», entonó mientras descosía el cuello de una camisa. Su ojo rapiñoso y acusador fulminó los hombros de su cuñado sucios de caspa.[18] De las niñas que trabajaban fuera de la Casa, prosiguió, Rosita era la más activa y eficiente y su aportación a la economía doméstica resultaba decisiva a final de mes. Justamente los martes por la tarde apenas disponía de tiempo, a veces no volvía de hacer faenas hasta las diez de la noche.[19]

—Lo tendré en cuenta —dijo el inspector—. ¿Dónde está ahora?

18. *ojo rapiñoso* es el que mira para quedarse con algo. En el mismo sentido, más adelante, se comenta el *perfil rapiñoso* del carbonero (p. 136). En *El amante bilingüe* se afirma de Juan Marés que tiene *ojos rapiñosos* (p. 22), y en *Rabos de lagartija* se alude por dos veces a la «mirada rapiñosa» de algún personaje (pp. 39 y 53).   19. *hacer faenas*: del catalán *fer feines*; aquí se refiere al trabajo doméstico (véase también p. 111).

Había ido a la parroquia con Juana y Carmen a entregar la mantelería lavada y planchada y de paso a rezarle a la Virgen: «Si frecuentaras más la iglesia sabrías que estamos en el mes de María».[20] El inspector se disponía a irse y ella se levantó cogiéndole de la manga.

–Espera –dijo, y lo miró compungida–. No la dejes sola en el depósito. Y luego me la traes aquí...

–Luego no sé qué haré, maldita sea.

–Calla, no empieces a despotricar. Mira cómo vas.

Su mano reseca y enérgica había empezado a sacudir las solapas y ahora forcejeaba con el botón flojo y el ojal desbocado de la americana. Luego lo examinó con cierta condescendencia.

Era un hombre corpulento y de caderas fofas, sanguíneo, cargado de hombros y con la cabeza vencida levemente hacia atrás en un gesto de dolorido desdén, como si lo aquejara una torcedura en el cogote o una flojera.

–No tienes arreglo ni quieres tenerlo, eso es lo que te pasa –dijo su cuñada viéndole ir hacia la puerta–. Le diré a Merche que has venido.

El inspector se volvió e intentó sonreír: «Mejor dile que me he muerto». Entonces le vino otra vez a la boca el sabor de la sangre y reprimió el deseo de escupir. Se fue carraspeando por el pasillo.

---

20. El *mes de María* es el de mayo. La primera asociación entre el culto a la Virgen y el mes de mayo aparece ya en las *Cantigas* de Alfonso X, pero entre nosotros cuaja definitivamente en el siglo XVIII y se extiende a lo largo del XIX, durante el reinado de Isabel II y el papado de Pío IX, quien alentó tal identificación.

2

El inspector remontó la calle por la acera sombreada y en Providencia giró a la derecha. Un enjambre de chiquillos alineaba chapas de botellines de vermut en los rieles ardientes del tranvía; el sol pegaba tan fuerte que allí se podía freír un huevo. En la puerta de los colmados se escalonaban las cajas de frutas y verduras, invadiendo la acera. Odiaba este barrio de sombrías tabernas y claras droguerías, de zapateros remendones agazapados en oscuros zaguanes y porterías y de pequeños talleres ronroneando en sótanos, soltando a todas horas su cantinela de fresadoras y sierras mecánicas.[1]

Al cruzar la calle sintó descender sibilinamente el testículo hasta acomodarse en la bolsa escrotal.[2] Frente a la fábrica de chocolates vio un coche celular con la puerta trasera abierta y a dos números dando suaves empellones a un anciano iracundo.[3] En la plaza del Norte, pesados aviones de papel de periódico planeaban en medio de una polvareda roja y una vecina gorda y pimpante se apoyaba en la esquina con su bata floreada, rulos en el pelo y una sucia venda elástica en el tobillo. «Tengo barras», susurraba a los que pasaban cerca. Entre sus pechos aupados asomaba la punta dorada de una barra de pan. Parecía una vulgar ama de casa que ha bajado a la esquina soleada a secarse los cabellos y a chafardear un rato, pero sus alertados ojos amarillos giraban fieramente en busca de clientes.

El inspector había bregado contra esa clandestina fiereza del barrio hasta ahogarse en ella. Se dijo una vez más que ya

1. *fresadoras*: 'máquinas que labran metales'.   2. 'la bolsa que cubre los testículos'.   3. Esa *fábrica de chocolates* estaba situada en la calle Providencia, junto al Torrent de l'Olla y lindando con el barrio de Gracia. Me cuenta Marsé que solía llamar la atención de los chicos del barrio por el apetitoso olor que desprendía.

nada le incumbía, que ya no vivía aquí y no valía la pena pararse a distinguir entre una estraperlista y una furcia de tres al cuarto;[4] probablemente era ambas cosas a la vez.

Y sin embargo, al pasar junto a ella, un oscuro mandato de la sangre lo paró en seco, le hizo volverse y chasquear la lengua como un látigo:

–Tú, largo de aquí –dijo entre dientes–. Fuera, puta.

La mujer arropó el pan entre las solapas y se escabulló arrimada a la pared, metiéndose en un portal . El inspector siguió su camino por aceras solitarias y destripadas, pisando las crestas de hierba enfermiza que rebrotaba en las grietas.

La vio salir de Las Ánimas con dos compañeras de su misma edad.[5] Lucían polvo de reclinatorio en las rodillas y

4. *estraperlista*: «En 1935 –resume Marsé– dos extranjeros llamados Srauss y Perle provocaron con su negocio de la ruleta una grave crisis de gobierno y abrieron un nuevo periodo nacional de picaresca que se conoció con el nombre de "estraperlo", vocablo que adquiriría verdadero documento nacional de identidad después de la guerra civil, durante todos los años cuarenta» (*La gran ilusión*, p. 44). Los *estraperlistas*, personajes que surgían en periodos de escasez, eran vendedores clandestinos e ilegales que cobraban precios superiores a lo establecido en una época de racionamiento, como el señor Oms, el panadero que aparece en «Historia de detectives», un malo por antonomasia. El caso que aparece en nuestra novela (una mujer que vende barras de pan) era muy frecuente, y lo más probable es que lo hiciera sólo para subsistir. La época de auge en España se produjo en 1944 y 1945, y los productos a los que más afectó fueron el pan, el aceite, el azúcar y los tejidos. Con la normalización de los mercados, en los primeros años de la década siguiente, empezó a desaparecer. Sobre las leyendas que surgieron, al respecto, e incluso un chiste, puede verse *Si te dicen que caí* (pp. 118 y 190). Y en *El embrujo de Shanghai* se cuenta cómo Forcat consigue alimentos de estraperlo (p. 146). 5. *Las Ánimas*: Capilla Expiatoria de las Ánimas del Purgatorio que estaba en la calle Escorial, hoy convertida en la parroquia de Sant Miquel dels Sants. En *Si te dicen que caí* es motivo de controversia entre los miembros de la pandilla de Java; dos de ellos, Amén y el Tetas, hacen allí de monaguillos. Si para uno de ellos sólo hay «beatas y gorigori», para el otro «tienen mesas de ping-pong y equipo de fútbol, con un balón de reglamento, y botas y camisetas y todo. Y además hacen funciones de teatro». Pero, como les replica Mingo, «a cambio te hacen tragar hostias y pasar el rosario todo el puto día. Y te enseñan el catecismo, esas beatorras» (p. 42). Por lo que sabemos de su biografía, durante la infancia el autor iba a jugar a la parroquia, aunque alguna vez tuviera que asistir a misa e incluso comulgar.

vestían igual, torcidas faldas estampadas y deslucidos pullovers a rayas, de escote en pico y puños raídos.[6] Se despidieron en la puerta y Rosita caminó calle arriba sin prisas, el capacho de palma colgado al hombro, doblando con aire pensativo la mantilla blanca y pequeña como un pañuelo.

Apenas había crecido en dos años, pero sus andares perezosos ya no eran de niña, constató el inspector, o tal vez sólo era un engañoso efecto de las corvas maduras y altas. Los calcetines cortos y desbocados bailaban en torno al tobillo moreno y esbelto. Llevaba sandalias de goma color ceniza idénticas a las que extravió una noche borrascosa en un descampado de la calle Cerdeña, cuando la revolcaron junto a la fogata; él mismo las encontró tiradas entre la hierba y se las calzó en el taxi, mientras corrían hacia el hospital.

Al oír su nombre, la niña se volvió.

—Hola —dijo el inspector—. ¿No te acuerdas de mí?

Rosita lo miró ladeando la cabeza, la mano dentro del capacho.

—¡Anda! Si es usted.

El inspector observó en sus párpados ralos antiguas señales de orzuelos. Dentro del capacho en banderola entrechocaron latas vacías.

—Vengo de la Casa —comenzó el inspector, y se interrumpió—. He ido poco, últimamente, y tú nunca estás...

—Desde que salí de las monjas trabajo fuera.

—¿Cuándo has vuelto?

—Huy, hace casi un año.

Pero no se veían desde mucho antes; desde aquel día que

Aquí, recuerda, los jóvenes kabileños se rozaban con las «muchachas de casa bien». 6. *polvo de reclinatorio en las rodillas*: el reclinatorio es un mueble de uso religioso cuyo diseño se parece al de una silla baja, y está destinado a arrodillarse para orar. Esta imagen, junto con la de «los calcetines cortos, flojos, bailando en los tobillos» (pp. 107, 120, 136 y 185), va siempre ligada a las huérfanas de la Casa. Reaparece tanto en *La oscura historia de la prima Montse* (p. 181) como en *Si te dicen que caí*; en esta última, cuando Menchu entra a servir como doncella en casa de la baronesa, el narrador se refiere a sus «hermosas rodillas todavía con polvo de reclinatorio» (p. 139, y véanse también las pp. 39-40 y 62).

él la interrogó en el hospital de San Pablo, sentado en la cama, después que la doctora y una enfermera la examinaran de abajo dejándola muerta de vergüenza: recordaba haber llorado, pero no fue por eso.[7]

–Fue por su culpa, ¿sabe? –dijo mirándose las sandalias con fijeza–. Vino usted con aquellas preguntas asquerosas y me hizo llorar.

Siguió caminando calle arriba y el inspector iba a su lado con las manos a la espalda.

–No era mi intención. Tenía que hacer el informe. ¿Comprendes?

–Ya.

–¿Te acuerdas de aquel hombre? –ella no contestó y el inspector optó por dar un rodeo–. ¿Cuántos años tienes ahora?

–Trece y medio, casi catorce... Pero ¿a que parezco mayor?

–Aquel hombre –dijo él calmosamente– ya no volverá a hacer mal a nadie.[8] Te gustará saber que lo han cogido.

–¿De verdad? –Rosita se paró unos segundos y luego siguió andando, los ojos en el suelo. Parecía confusa–. ¿Quién es?

El inspector se encogió de hombros:
–Nadie, un vagabundo.[9]

---

7. El Hospital de la Santa Creu i Sant Pau –auspiciado por el banquero y mecenas Pau Gil i Serra– está situado en la calle de San Antonio María Claret, en un edificio modernista construido por Lluís Domènech i Montaner y su hijo Pere Domènech i Roura entre 1901 y 1930.   8. *hacer mal*: del catalán *fer mal*, 'hacer daño'.   9. La figura del mendigo que anda deambulando por las calles es frecuente en aquellas narraciones del autor cuya acción transcurre durante los primeros años de la postguerra, lo que no es más que una fiel constatación de la pobreza de la época. El motivo se presenta en Marsé con tres variantes distintas. La primera sería la del vagabundo arrastrando un carrito o similar en el que va recogiendo los desperdicios y guardando sus escasas pertenencias (pp. 55-56 y 72); la encontramos también en «Historia de detectives» (pp. 18 y 25) y en *Si te dicen que caí* (pp. 32, 49, 64, 140, 175, 205, 211 y 212). La segunda variante se cifra en el pordiosero que huele mal y suele impregnar el ambiente con su fetidez (p. 71); vuelve a aparecer en *Si te dicen que caí* (pp. 32

–¿Y qué ha dicho? ¿Qué les ha contado?

–No ha dicho nada. Está muerto.

Expuso lo que quería y la niña arrugó la nariz. Tenía una marca de carmín en el cuello, pero ni rastro en los gruesos labios cárdenos, ensombrecidos por el bozo.

–No quiero verle –dijo–. Muerto, no. ¡Jesús, a un muerto le tengo yo más miedo, que yo qué sé!

–Es una simple formalidad. Sólo mirarle a la cara y decirme si es él.

–Me da igual que lo sea como que no. Además, olvidé su cochina cara.

El inspector consultó su reloj; eran poco más de las cuatro. Hurgó en sus bolsillos buscando un caramelo de eucalipto, que no encontró. La calle era estrecha y empinada. Desde una azotea baja, un muchacho vestido de primera comunión proyectaba reflejos de sol en la cara de Rosita con un espejito. Ella cerró los ojos sin dejar de caminar, mascullando: «La madre que te matriculó,[10] niño», y manoteó en el aire la mariposa de luz. Algo en su voz gutural, una flema adulta y soez enredada en las cuerdas vocales, más que la expresión en sí, alertó al inspector.

–Te acordarás cuando le veas –dijo–. Un vistazo rápido y fuera, con eso basta. Sabemos que es él. Antes de una hora estás de vuelta.

–No puedo perder una hora. Vivimos de la caridad, señor, ¿es que no lo sabe? –y en tono burlón prosiguió–. Hay que llevar dinerito a la Casa, hay que pencar,[11] oiga. ¿Quién

---

y 175), «Historia de detectives» (*Teniente Bravo*, pp. 30 y 31) y *El embrujo de Shanghai* (p. 12). En la tercera obra citada vemos al pobre que se desploma de pronto en medio de la calle, ya sea por hambre o debilidad (p. 78); el motivo se encuentra también en *Si te dicen que caí* (pp. 49 y 205) y en *El embrujo de Shanghai* (pp. 189 y 190); idéntica imagen puede verse en el poema «Los aparecidos», de Jaime Gil de Biedma (*Compañeros de viaje*, 1959). 10. Eufemismo por 'la madre que te parió'. En *Si te dicen que caí*, Sarnita se dirige a Java con esta misma expresión, envidioso de la relación que mantiene con María, la Fueguiña: «La madre que te matriculó, legañoso, vaya lote que te pegas con esta chavala...» (p. 176). 11. 'trabajar'.

me paga a mí esa hora? No querrá usted quitarles el pan a unas huerfanitas desamparadas que tienen que ir por ahí fregando suelos...

−Lo sé −dijo él secamente−. La directora me puso al tanto. Vamos a mirar de arreglarlo.[12]

No era una mancha de carmín; era un difuso antojo, un golpe de sangre. Llevaba el pelo negro y espeso estirado hacia atrás con violencia y recogido en un rodete sobre la nuca.[13] El inspector añadió:

−Creía que sólo ibais a coser y a bordar.

−A mí la aguja no se me da bien. Ahora estoy aprendiendo encaje de bolillos con su esposa la señora Merche. Y los martes y jueves voy a ayudar a doña Conxa y así aprendo más, porque ella es una artista.[14]

−¿Y ahora adónde vas?

Dejaron pasar un tranvía 24 y luego cruzaron la Travesera.[15] Rosita sacó del capacho un sobado cuadernito de la Galería Dramática Salesiana y lo abrió.[16] Ahora iba a casa de la

---

12. Del catalán *mirar d'arreglar-ho*, 'intentar arreglarlo'. 13. *rodete*: rosca que se hace con el pelo para tenerlo recogido o como adorno. 14. *doña Conxa*: «la gorda Conxa Fullat» (p. 122), esposa del capitán Blay, aunque aquí no se mencione la relación, era conocida también por los kabileños como la *Betibú* (p. 134), por el célebre dibujo animado norteamericano. El apelativo proviene de su físico («rechoncha y pizpireta, de labios regordetes y largas pestañas untadas de rímel», *El embrujo de Shanghai*, p. 30). Véase lo que se dice al respecto en *Colección particular, El País*, 18 de diciembre de 1988. «La inolvidable Betty Boop −escribe Marsé sobre el personaje creado en 1915 y convertido en un símbolo sexual− que tenía los labios como un corazón y unas largas pestañas que envidiaban Joan Crawford y Raquel Torres. Fue una creación de Max Fleischer. Siempre con su falda cortita, con su liga y su palmito, Betty Boop llegó a enfrentarse con la censura de su país» (*La gran desilusión*, p. 96). También se refiere el autor a este dibujo animado en *Un paseo por las estrellas* (pp. 45 y 48) y en *Momentos inolvidables del cine* (p. 28). 15. El *tranvía 24* hacía el trayecto desde la Puerta de la Paz a San José de la Montaña, pasando por las Ramblas, Paseo de Gracia, Mayor de Gracia y Travesera de Dalt. «Era la época en que los golfos del Guinardó hacían guerras de piedras en la plaza Sanllehy, y los *xavas* y *trinxas* incontrolados y sin colegio se colgaban en los enganches de los tranvías del disco 24» (*La oscura historia de la prima Montse*, p. 65). 16. *Galería Dramática Salesiana*: colección de obras de teatro edificantes, creada por la or-

señora Planasdemunt, en el Guinardó, y de ningún modo podía faltar: «Me espera un buen lote». La función que estudiaba era *El martirio de Santa Eulalia* y a las nueve tenía ensayo en la parroquia.

—O sea que te sobra tiempo.

—Es que aún no le he hablado de lo demás —Rosita apartó los ojos del cuaderno y miró al frente con expresión alelada y lírica—: «Hoy es el día más complicado de mi vida, señor».

—¿Mucha faena? —dijo el inspector.

—¡Uf! La tira.

En la plaza arbolada rondaba una pareja de grises con las manos a la espalda.[17] Dos calles más allá reverdecían las viejas moreras frente al cine Iberia.[18] Rosita arrancó algunas hojas de las ramas bajas y las guardó en el capacho. «Tenemos dos cajas de gusanos de seda»,[19] dijo, y se entretuvo mirando el cartel de *El embrujo de Shanghai*.[20] El ventanuco de

den salesiana, para ser representadas en escuelas o centros religiosos, como ocurre aquí. La que utiliza Rosita, *El martirio de Santa Eulalia*, relata de forma truculenta las torturas a que fue sometida la joven mártir, luego convertida en patrona de Barcelona (puede verse parte del texto en las pp. 178-179). En *Si te dicen que caí* se comenta que la Fueguiña actuaba también en las representaciones. Y en esa misma novela Sarnita inventa una aventi titulada *El martirio de Santa Susana, virgen y mártir*, versión «a lo humano» del texto de la *Galería Dramática Salesiana*, dirigida por la Fueguiña y Java y protagonizada por Susana, con el fin de sacarle información sobre la desaparecida Aurora, que había servido en su casa durante la guerra civil (pp. 64, 65, 80 y 189). 17. *pareja de grises*: se refiere a los miembros de la policía armada, cuyo uniforme era gris y solían patrullar de dos en dos. 18. Era un cine de barrio, situado en los número 8 y 10 de la calle Praga, junto a la plaza Sanllehy. 19. Cuenta Sarnita en *Si te dicen que caí* que mientras «los finolis de Los Luises y los Hermanos, mariquitas que no nos pueden ver del miedo que nos tienen» (p. 232), se entretenían con gusanitos de seda, los kabileños jugaban con pólvora. 20. *El embrujo de Shanghai*: película de 1941 de Josef Von Sternberg (*The Shanghai Gesture*), protagoniza por Ona Munson, Gene Tierney, Walter Huston y Víctor Mature. El propio Marsé, como Rosita, confiesa no haberla entendido nunca: «Yo siempre creí que la censura se la había cargado, pero la verdad es que Sternberg en esta película ya estaba flotando; lo que le quedaba es aquello en lo que era genial e insuperable y que está en todas sus películas: la atmósfera». En España no se distribuyó hasta 1946 y «se proyectó con abundantes cortes de censu-

la cabina de proyección estaba abierto y desde la calle se oía el zumbido del proyector y las voces de plata susurrando en la penumbra.

–Qué peli más extraña –dijo Rosita–. La he visto dos veces y no la entiendo. Estará cortada por la censura. ¿Usted no la ha visto?

El inspector emitió un gruñido y siguieron andando. Al cabo de un rato insistió: «Vamos, decídete. Los malos tragos, cuanto antes mejor». La niña se paró y pateó la acera.

–Que no, jolines.[21]

Estaban junto a un muro alto batido por el sol y coronado de adelfas. Tras la verja abierta, la estrecha escalera de ladrillo forrada de musgo subía hasta el jardín colgado sobre la calle.[22]

–Aquí se despide el duelo, señor inspector.[23]

Rosita lo miró con el rabillo del ojo, temiendo una reacción autoritaria; que la agarrara del brazo y se la llevara a em-

ra», adquiriendo la reputación de «película inmoral». Marsé ha escrito también que en muy pocas ocasiones como en el cine de los años treinta «fueron gentiles con nuestros mitos y manías y debilidades inconfesables» (*La gran desilusión*, p. 33). Y sobre la actriz, declaraba en una entrevista: «Estoy loco por el hermoso fantasma de Gene Tierney, después de verla cien veces en *Laura* y en *El embrujo de Shanghai*». Puede consultarse también el comentario que le dedica en *Momentos inolvidables del cine* (p. 56). 21. Esta interjección la utiliza Rosita en varias ocasiones (pp. 129 y 174). Según el narrador, es también el «taco» preferido del mirón Conrado en *Si te dicen que caí* (p. 108). 22. El motivo del «jardín burgués» ya estaba presente en *La oscura historia de la prima Montse*, pero ahora aparece relacionado con el trabajo doméstico de Rosita. Por las torres que visita ha pasado la guerra civil; son las residencias de las señoras Planasdemunt, Casals, Espuny y Guardans, familias católicas catalanistas que han perdido la guerra, de ahí que el narrador describa estas viviendas como «decrépitas», con «jardines solitarios y descuidados», «los tilos sombríos, las pérgolas arruinadas y los torcidos columpios sin niños». Marsé alude brevemente a estas villas venidas a menos, pero debido a su clase social no puede tener mala conciencia ni nostalgia del paraíso perdido, ni tampoco adopta el tono elegíaco de Gil de Biedma, y ni siquiera el increpatorio feroz de Juan Goytisolo (pp. 24, 25, 52, 76, 77, 79 y 87). 23. 'Nos separamos aquí'; en sentido recto, la frase se refiere al momento en que los acompañantes a un funeral o entierro se despiden de los familiares.

pellones o a rastras. Había oído a la directora hablar de la mala baba de este hombre, de sus arranques bestiales. Había visto sus gruesos dedos pintados en las mejillas de lirio de la Pili el día que la echó de su casa, sólo porque la pobre chica se había rizado el pelo y llevaba unas ligas naranja que le gustaba hacer restallar bajo la falda en los portales oscuros y en el cine;[24] y porque la pilló haciéndolo delante del chico del colmado en el hueco de la escalera... Se preguntó si guardaría las esposas de hierro en alguno de esos bolsillos de la americana que parecían contener piedras, y si sería capaz de llevarla maniatada al Clínico.

Pero el inspector permanecía inmóvil y miraba, al otro lado de la calle, el descalabrado esqueleto de una cometa azul enredada en los cables eléctricos.[25]

—¿Tardarás como cuánto? —dijo por fin.

—Huy.

—Más o menos, niña.

Rosita se encogió de hombros.

—Pues una hora o así.

—Vendré a buscarte —y dando media vuelta se fue por donde habían venido.

---

24. Esta imagen del chasquido de la liga en el muslo reaparece en la p. 128 y en el cuento «La liga roja en el muslo moreno» (*Cuentos completos*, pp. 390 y 402); en *El amante bilingüe*, a Juan Marés le llega «el roce de la seda en sus piernas [de Norma], oigo el chasquido de la liga en su piel» (pp. 12 y 13); y en «Muchacha en una bicicleta de hombre» es la peluquera de la madre del autor la que produce el sonido y la imagen. 25. La imagen de la cometa de fabricación casera volando, como un estandarte guerrero, se repite como un motivo recurrente en toda su obra (véase la p. 176 y el artículo «Muchacha en una bicicleta de hombre»).

3

El inspector se dejó ir calle abajo con paso muelle y precavido, el sol de cara y las manos cruzadas a la espalda. Sorteó pies descalzos devorados por la tiña y roñosas rodillas florecidas de azufre,[1] kabileños sin escuela tumbados en la acera entre las paradas de tebeos usados.[2] Sudaba copiosamente y sentía la funda rabiando en la axila como un ganglio purulento. De pronto se le ocurrió que ya estaba muerto y que su cuerpo soñaba caminar sudoroso y mandón por esta calle, como tres años atrás, cuando en realidad seguía tendido boca arriba en el recibidor celeste de la Casa de Familia, rodeado de huérfanas horrorizadas.[3]

1. *tiña*: enfermedad de la piel que producía costras y ulceraciones, sobre todo en el cuero cabelludo, y se curaba con polvos de azufre. Marsé utiliza con frecuencia el adjetivo *tiñoso*, referido tanto a sus personajes más menesterosos («dedos tiñosos», p. 149; «manos tiñosas», p. 168), a veces con el valor de 'sucio', como a los animales («perro flaco y tiñoso», p. 180). En *Si te dicen que caí*, donde se aplica a las manos de Sarnita y a la palma de la mano de Luis, éste se queja al tuerto: «no me atice en la calabaza, que me salta el azufre» (pp. 32, 33, 68, 84, 127 y 233). 2. *kabileños sin escuela*: 'pandilleros' («niños pandilleros» se les llama en «El fantasma del cine Roxy»), chicos que vagan por las calles, golfillos que venden tebeos de segunda mano y forman una pequeña tribu. El apelativo quizá provenga del recuerdo de la guerra con Marruecos, de las tribus de beduinos de la región del Atlas. Se utiliza la misma expresión en «Historia de detectives»: «analfabetos, kabileños sin escuela, jodidos murcianos» (*Teniente Bravo*, p. 34). Dionisio Ridruejo los denomina «niños apicarados». En *Si te dicen que caí*, donde se les llama «charnegos kabileños», se cuenta que «los peligrosos kabileños del Carmelo merodeaban por los alrededores del campo de fútbol del Europa y los descampados al final de la calle Cerdeña, iban en pandilla, tiñosos y pendencieros, sin escuela y sin nadie que les controlara, muchos de ellos aprendieron a leer solfeo antes de saber leer y escribir ... eran niños peor que la peste, embusteros como el demonio». Para Jara, los kabileños «nunca tendrían una oportunidad» (pp. 62, 32, 33 y 254). El apelativo suele usarlo el autor como sinónimo de *trinxa*, véase la nota de la p. 157. 3. *Casa de Familia*: asilo de huérfanas situado en la calle Verdi donde Rosita vive acogida. En *Si te dicen que caí*, Aurora Nin recuerda que al estallar la guerra civil «la

En la acera contraria, desde un balcón repleto de geranios, un niño albino con antifaz negro le apuntaba con una
escopeta de balines.[4] El inspector se paró a mirarle y el mo-
coso enmascarado desvió el arma y apuntó a una paloma que
remontaba el vuelo fatigosamente desde el arroyo. Presin-
tiendo la amenaza, la paloma viró sobre un costado en dirección al Monte Carmelo.[5]

directora se las piró dejando a las niñas en la estacada, allí sólo entraban los
cuatro reales que las mayores ganábamos yendo a fregar por ahí, alguien tenía
que hacerse cargo y yo era la mayor» (p. 219). Durante aquellos años, sigue relatando, «la capilla fue saqueada y quemada y no se abrió al culto hasta dos años
después ... Aquel invierno sirvió de alojamiento provisional a unos milicianos
que regalaron varios pares de zapatos a las niñas, y ellas les ayudaron a insta-
larse en el jardín...» (p. 222). Luego, en los primeros años de postguerra, en el
momento en que transcurre la acción evocada en la novela, lo dirigía la señorita Moix que –apunta Juanita– «ya es vieja y no guipa nada, pero se entera de
todo». En esta misma obra es donde Juanita describe la tarea de las huérfanas:
«¡Que si trabajamos! Coser, bordar, lavar y planchar y fregar. Casi nada. Todo
el santo día. Y fabricamos flores de papel, esas que adornan las calles para el
baile. Y también hacemos encaje de bolillos, y la Biblia en pasta, hijo. Otras
tienen más suerte y trabajan fuera, de criadas o de asistentas, como la Fueguiña. Lolita va a una academia de corte y confección...» (p. 45). **4.** También en
El amante bilingüe Marés, el protagonista, se recuerda como «un niño con antifaz negro» (p. 38), y en *Colección particular* (*El País*, 26 de febrero de 1989) el
narrador, hijo del pistolero anarquista Palau, cuenta que el capitán Blay le regaló un antifaz de piel negra que llevaba puesto a todas horas, por lo que en el
barrio empezaron a llamarlo «el Niño del Antifaz». **5.** El nombre proviene
del santuario que se construyó en la Colina d'en Mora a mediados del siglo
XIX. A finales de los años cuarenta, los emigrantes empezaron a construir barracas en estos terrenos, y en una de ellas vivía el Pijoaparte, protagonista de
Últimas tardes con Teresa, a quien le parece que allí sólo había «aburrimiento y
miseria». A Teresa Serrat, en cambio, le gusta («qué maravilla tu barrio», le
dice); y para su madre, una señora burguesa, «era algo así como el Congo, un
país remoto e infrahumano, con sus leyes propias, distintas. Otro mundo»; «en
aquel barrio nunca se sabe lo que puede pasar»; «recordaba también, de los primeros años de la posguerra, las tumultuosas y sucias manadas de chiquillos que
de vez en cuando se descolgaban del Carmelo, del Guinardó y de Casa Baró e
invadían como una espesa lava los apacibles barrios altos de la ciudad con sus
carritos de cojinetes a bolas, sus explosiones de botes de carburo y sus guerras
de piedras: auténticas bandas. Eran hijos de refugiados de la guerra, golfos ar-
mados con tiradores de goma y hondas de cuero, y rompían faroles y se colgaban detrás de los tranvías». Al final de esta misma novela, el desencanto de Teresa va unido a la desmitificación del lugar: «Lo sabía, lo había sospechado

El inspector se extrañaba en las esquinas. El día transpiraba una flojera laboral impropia, una conmemoración furtiva. La gente pasaba por su lado sin ruido de pisadas y sin voz, soltando resabios de ansiedad. Creyó oír el timbre festivo de bicicletas de paseo y murmullos de terrazas concurridas, siseos de sifón en gruesas copas de vermut,[6] una seda rasgada, un apagado rumor de domingo al mediodía. «Pero hoy no es domingo», se dijo. Dos muchachas de labios muy pintados y pelo ondulado corrían cogidas del brazo hacia la parada del 24, riéndose.

El inspector entró en una taberna y orinó a oscuras en un retrete diminuto y encharcado. Adivinó en la sombra la mala sangre y sus relámpagos, las injurias anónimas trazadas en la pared a lápiz y a punta de navaja. *Muera Franco. Girón mamón.*[7] Revoloteaba una mosca grande chocando ciega contra las tablas de la puerta.

Al salir pidió una cerveza en el mostrador. Dejó la cerveza a la mitad y pidió un vaso de tinto y después otro. Mientras bebía mirando la calle, de pie junto a la puerta vidriera, pensó vagamente en su mujer y en los hijos que no había tenido, y luego pensó en el negro claustro del retrete como en un ataúd puesto de pie junto al cadáver que le esperaba en el depósito del Clínico, desnudo y frío bajo la sábana, la mano azul colgando crispada a un lado de la camillla como si aún estuviera cayéndose en el vacío...

siempre: el Monte Carmelo no era el Monte Carmelo ... aquí no había ninguna conciencia obrera, Bernardo era un producto de su propia fantasía revolucionaria, y el mismo Manolo...» (pp. 182, 203, 209 y 353). Vicens Viader, amigo de infancia del autor, recuerda que para ellos, chicos de La Salud, el Carmelo era un barrio de muchachos muy agresivos, violentos. En *El amante bilingüe*, por último, a Norma, otra señora bien, le gusta el barrio de Faneca, en la parte alta de la calle Verdi (p. 209).   6. 'aperitivo que solía tomarse en Cataluña los días de fiesta', de ahí la extrañeza del inspector.   7. El falangista José Antonio Girón de Velasco (1911-1995) fue nombrado ministro de Trabajo en 1941 y hasta 1957 ocupó diversas carteras. En *Señoras y señores* Marsé le dedica un retrato, y en «Mirando hacia el poder con ira» se define el estilo de este «locuaz caballero de la Costa del Sol» como «tronante y luctuoso» (*Confidencias de un chorizo*, pp. 143-146).

«Hombre, paisano», creyó oír una voz carrasposa a su espalda, pero el inspector no se volvió. Al final de la barra, cuatro hombres jugaban a los chinos esgrimiendo puños escamosos como cabezas de serpiente, uno de ellos tiznado de carbón. «Ocho.» «Cinco.» «Dos.» «Ninguno, cabrones.»

El inspector pagó y salió a la calle. Restregó las suelas de los zapatos en la negra carretilla del carbonero arrimada a la acera. Delante de la pescadería, la destartalada camioneta rezumaba agua por los flancos y niños descalzos birlaban puñados de hielo de las cajas. El inspector cruzó la calle en diagonal y dejó atrás la parada del tranvía, el convento de monjas y el Centro Meteorológico.[8] En la puerta de la comisaría vio a un guardia joven que no conocía y a dos mujeres de luto y brazos cruzados sumidas en una espera hipnótica y falaz, como si durmieran de pie.[9] Lo mismo podían estar allí esperando a un familiar detenido que para denunciar a alguien. El inspector se dio a conocer al guardia y entró.

–Hombre, paisano –dijo, ahora sí, una ronca voz a su espalda, ahora sí.

Se volvió y en la puerta de Secretaría estrechó la mano fibrosa y precavida del comisario Arenas.[10] Era un hombre de cara huesuda y piel cetrina, pulcro, con sombrajos bajo los ojos.

–Pasaba por aquí y me he dicho, mira –dijo el inspector–, vamos a saludar a los viejos compañeros de fatigas.

–Ya no queda nadie de cuando tú estabas, o casi –el comisario le tocó el codo y caminaron juntos hacia su despacho al final del pasillo–. Vaya, vaya. Has engordado, sapastra.[11]

<hr />

8. El *Centro Meteorológico* estaba situado en la Travesera de Dalt, junto a la comisaría de policía.   9. Es la comisaría de policía Concepción, del distrito XV, situada en la Travesera de Dalt.   10. Se alude también a este comisario en *Un día volveré* (p. 21). Para la descripción del ambiente policial, Marsé contó con el asesoramiento del escritor Tomás Salvador (1921-1984), autor –por ejemplo– de *Cuerda de presos* (1953), quien había trabajado en el cuerpo.   11. Del catalán *sapastre*, 'chapucero, vago'. En *Últimas tardes con Teresa*, la protagonista recuerda

–Farinetas[12] y bocadillos –sonrío torcido el inspector.

–Y ocho meses de reposo. Eso me dijeron.

–Cinco meses.

–¿Qué tenías?

El inspector acentuó la mueca.

–No sé qué puñeta de la circulación y el azúcar... O del estómago.

Estómago de Hierro, recordó el comisario, nunca supiste mentir. Frente a la puerta de su despacho, una joven mecanógrafa le entregó unos papeles. Revisándolos con aire distraído, el comisario dijo:

–¿Todavía comes tantos caramelos?

–Qué va.

–Los años, cagüen el copón[13] –suspiró el comisario y entró en su despacho–. Pasa. ¿Qué tal por la Brigada?

–De primera. Pero aún no estoy bien, no me acabo de entonar...

–Pasa, hombre.

Le ofreció asiento, pero el inspector se quedó de pie junto a la puerta. Pensativo, los puños de plomo en los bolsillos, dijo: «De ésta no salgo, Arenas», pero en un tono tan bajo que parecía hablar consigo mismo y su ex jefe no lo oyó.

–Sólo he venido a matar media hora –añadió–. He de ir al Clínico.

que siendo niña un kabileño la cogió de las trenzas y la obligó a decir una contraseña, la «extraña palabra» *zapastra* (pp. 182, 183 y 204). Este mismo episodio se relata en *Rabos de lagartija* (p. 292). 12. Del catalán *farinetes*, 'gachas'. El hambre de estos primeros años de postguerra hizo que se buscaran sucedáneos de los alimentos habituales, con lo que se empezó a consumir maíz, borona, algarrobas y almortas, o comidas como las migas, el gofio y las farinetas. En *Si te dicen que caí* Sarnita dice al tuerto falangista: «fíjese si habrá hecho daño la guerra y el comer tantas farinetas que la gente anda con diarrea cerebral y viendo chekas en todas partes» (p. 233). Y en *El embrujo de Shanghai* el capitán Blay afirma que «no se debe estar tan mal en el otro mundo, digo yo, porque volver aquí ... volver para seguir tragando farinetas y mierda junto a la misma mujer y bajo la misma bandera, nadie ha vuelto que yo sepa» (p. 106). 13. 'me cago en el copón divino', esto es, la copa, generalmente de metal precioso, en que se guarda el santo sacramento de la eucaristía; es blasfemia.

Mencionó el puñetero trámite que le traía de nuevo a su antiguo distrito. El comisario recordaba muy bien la canallada cometida a la huérfana y el terrible disgusto que se llevaron la cuñada y la mujer del inspector.

–Estas pobres chicas son como hijas suyas –dijo–. Y os tocó vivirlo muy de cerca, a ti sobre todo.

–Fue una casualidad –comenzó a decir el inspector, y vio a la niña ovillada dentro de un remolino de ceniza, descalza, las piernas despellejadas y la rebeca desgarrada por encima de la cabeza; la rebeca de angorina azul que le había regalado su mujer dos días antes. Casualmente esa noche de febrero barrida por el viento él y Merche fueron a visitar a la cuñada y la noticia les pilló en la Casa. Una vecina de la calle Cerdeña que vaciaba el cubo de la basura vio a Rosita acurrucada junto al edificio en ruinas en la linde del descampado, la inmensa escombrera donde pernoctaban vagabundos y los kabileños hacían fogatas; supo que era una de las huérfanas por la capillita portátil con la Virgen que estaba tirada y rota a sus pies.[14] El inspector se plantó allí en diez minutos y la trasladó en un taxi al cercano hospital de San Pablo. Él mismo formuló la denuncia y se ocupó de las diligencias. Rompió el teclado de la máquina de escribir, de rabioso que estaba, le recordó el comisario, y vaya bronca en el hospital para que atendieran inmediatamente a la niña.

–Pues sí –cabeceó taciturno el inspector–. Así era yo entonces... Debía de parecer no sé qué.

–Menudo elemento –quizá para animarle, el comisario añadió–. No he conocido a nadie con tantas agallas. Hiciste muy bien.

Ahora pareces un melancólico hipopótamo metido en un derrengado traje marengo, se le ocurrió de pronto, mientras le oía refunfuñar:

---

14. Existían, en efecto, una especie de pequeñas capillas con la imagen de la Virgen que circulaban de casa en casa y que disponían de una pequeña hucha en su interior para que cada uno dejara una limosna antes de pasarla al siguiente devoto. Rosita, como un simbólico lastre, tira de ella durante gran parte de la obra.

–Pero ya no es cuestión de agallas, ahora, sino de paciencia. Resulta que a esa niña le parto una tarde de mucho trabajo, y lo poco que gana les hace tanta falta...

Desde la contigua Inspección de Guardia llegaban voces enérgicas y ruido de sillas desplazadas. El tecleteo de las máquinas de escribir no cesaba en la sala de inspectores; era como si todo el grupo estuviera encerrado allí redactando prolijas minutas de busca y captura. El inspector se preguntó el porqué de tanta actividad y qué día sería hoy, si acaso la fecha tenía que ver.

–¿Cómo está Merche? –dijo el comisario sin mirarle, enfrascado en el contenido de una carpeta.

–Está bien.

–¿Siempre tan ocupada en el orfanato?

–No es propiamente un orfanato. Es un hogar, para estas chicas... Sí, ayuda mucho a su hermana.

El inspector notó que las ideas se le embrollaban. Aproximó la mano a la ingle sin sacarla del bolsillo y dijo:

–Me gustaría saludar a Ginés y a Polo.[15] Daré un garbeo por ahí.

Salió al pasillo y se asomó a Inspección. Vio media docena de hombres sentados en el banco, cuatro de ellos maniatados. Iban en mangas de camisa y algunos con alpargatas y viejas zapatillas de fieltro sujetas al pie con una cinta elástica, como si acabaran de sacarlos de sus casas o de la taberna.

---

15. En *Un día volveré* aparece un inspector de policía llamado Polo, quien, ya retirado del servicio y con cáncer de estómago, recibe anónimos amenazantes y se dedica a pasear perros de ancianas ricas. También se nos recuerda su violenta trayectoria, la intervención que tuvo en la detención de Jan Julivert Mon y su asesinato en el cine Proyecciones. Con la muerte de Polo, el trabajo en casa de los Klein, destinado a él, lo ocupará Jan. Pero su papel en la novela va más allá porque aparece como el portavoz de «la versión oficial, autorizada e indiscutible» de la historia de la familia Julivert; mientras que el viejo Suau, con un método similar al de Juan Marsé, «construía las suyas con materiales de derribo, en medio de un polvo empreñador y engañoso; trabajaba con el rumor y la maledicencia, con las ruinas de la memoria, la suya y la de los demás» (p. 74). Puede leerse, por tanto, como una poética del autor.

Al inspector lo asaltó de pronto la imagen cansina de Rosita con sus flojos calcetines remetiéndose bajo los talones: un reflejo de la resignada indefensión de estos hombres, que le era tan familiar al inspector, los hermanaba de pronto a los andares desvalidos, al desaliño y al resentimiento de la muchacha. ¿Y qué hacían tantos aquí, por qué esta redada precisamente hoy? Paseó la mirada sobre las abatidas cabezas de los detenidos hasta alcanzar el calendario de la pared —que ya no anunciaba VIT, un estomacal amarillo y dulzón a base de yema de huevo, como cuando él estaba aquí—, pero la fecha del día no le dijo nada. Martes, 8 de mayo.

Subió a la sala de inspectores donde tronaban las altas y pesadas Underwood sobre las mesas de madera y estuvo mirando el perchero en el que solía colgar su gabán y su sombrero. No vio a nadie de su antiguo grupo, pero reconoció a la gorda Conxa Fullat sentada en una silla, de espaldas, declarando a un funcionario ceñudo y sudoroso lo mismo que le declaró a él seis años atrás, con las mismas palabras y la misma cantinela de sorda: que seguía sin noticias de su marido, que ya no esperaba nada ni a nadie en este mundo, y menos a él. Y que el día de hoy no significaba nada para ella y además tampoco se había enterado porque nunca leía el periódico ni miraba el calendario...

Los demás interrogados eran hombres y sus voces un zumbido intermitente. Un sujeto alto de mentón escurrido y nuez prominente escuchaba de pie su propia declaración leída por un auxiliar, asintiendo con la cabeza cada vez que se le pedía conformidad. Inspectores en mangas de camisa iban y venían de sus mesas al balcón abierto vaciando ceniceros repletos en las macetas de geranios. La crispada rutina de siempre, pensó el inspector, pero con más personal y más atrafagado.[16] El larguirucho de la nuez lucía una oreja hinchada y cárdena como una coliflor. El inspector notó que algo se licuaba en sus tripas y detectó el tufo de la carne maltratada.

---

16. Catalanismo por 'ajetreado, ocupado'.

Regresó a la planta baja y empujó la pequeña puerta en el hueco debajo de la escalera. Se encaminó hacia el lavabo por el pasillo angosto y mal alumbrado y tropezó consigo mismo en el recuerdo y en el espectro de las piernas inermes y estiradas de un hombre calvo sentado en una silla. Todavía sus manos colgaban esposadas entre los muslos, apoyaba la sien en el radiador de la calefacción y sangraba por la nariz. En el suelo, junto a sus pies enredados en un cable eléctrico, humeaba una colilla.

«No lo toque», oyó el inspector a su espalda: una envenenada voz de mujer que no consiguió identificar. Pasó por encima de las piernas sin tocarlas y siguió hasta el lavabo, pero aquello ya tampoco era el lavabo; un cuartucho que se usaba como trastero, lleno de polvorientas cajas vacías de cartuchos Remington 38 Special y rotos archivadores metálicos. Los mingitorios de la pared colgaban ciegos y descalabrados. El inspector liberó una orina densa y punzante como un alambre de pinchos sobre los viejos archivadores y salió.

Volvió a pasar por encima de las piernas de trapo del desconocido, sin rozarle y de memoria, mirando al frente. «Yo no sé nada», susurró la mujer, «registre la casa, si quiere», y el inspector se paró y la vio otra vez recostada de espaldas contra la pared, vestida de luto, doblando las rodillas y resbalando, las muñecas despellejadas por las esposas. Antes de salir consideró el terco silencio y la inmovilidad del detenido, su cabeza abatida sobre las estrellas de sangre en la camisa. Cogió la colilla del suelo, la aplastó contra la yerta mejilla del afligido fantasma y volvió a tirarla entre sus pies.

Encontró al comisario en su despacho en compañía de un joven inspector que se frotaba las manos con un pañuelo.

–Permiso –dijo.

–Has venido en mal día –dijo el comisario–. ¿Conoces a Porcar? ¿O ya te habían trasladado cuando él llegó?

El inspector estrechó una mano sudorosa que ardía de admiración. No sabía gran cosa del tal Porcar, salvo que era mallorquín y un botarate presuntuoso;[17] el hombre que había interrogado a los hermanos Julivert sin sospechar su identidad ni su peligrosidad y sin lograr sacarles una palabra, dejándoles ir.[18] Un pavero.[19]

–Ya que está aquí, podría echarnos una mano –sonrió Porcar halagador–. Usted conoce bien el paño en este distrito. Y tengo entendido que no le hacía ascos a nada, por algo le llamaban... ¿cómo era?

Su voz contenía una mucosidad grasienta; iba sin americana y lucía un flamante chaleco gris perla. Dijo: «Estómago de acero o algo así, ¿no?».

El inspector lo miró como si fuese transparente.

–Conmigo no se desmayaban –gruñó–. Ese que tienes abajo ya no levanta cabeza. Ni con el pitillo.

17. En la descripción de Porcar, que mezcla realidad y ficción, se adivina la figura del escritor mallorquín Baltasar Porcel, con quien Marsé mantiene un intercambio de descalificaciones desde hace varias décadas (sintetizadas en el retrato que aparece en *Señoras y señores*, Tusquets, pp. 29, 30 y 161). En catalán *porcell* es 'lechón' y *porc*, 'cerdo', de ahí seguramente el derivado *Porcar*. El capitán Blay (véanse los comentarios que le dedica a Porcel en *Colección particular, El País*, 18 de diciembre de 1988) lo hubiera definido como «adhesivo al Régimen», en este caso al de Jordi Pujol. Aquí se comenta que el inspector «era mallorquín y un botarate presuntuoso; el hombre que había interrogado a los hermanos Julivert sin sospechar su identidad ni su peligrosidad y sin lograr sacarles una palabra, dejándoles ir. Un pavero». Le atribuye luego una «nariz porcina», y por último se dice que «el flequillo cabalgaba sobre su frente y sonreía con determinación de cretino» (pp. 125 y 126). En *Un día volveré*, el inspector Polo recuerda que Jan Julivert «mató al inspector Porcar, aquel mallorquín tan pavero y lameculos de la comisaría de Sants. En plena calle, al mediodía, de dos tiros en el flequillo» (p. 19). Pueden verse también las burlas que le dedica en *Un paseo por las estrellas* (pp. 64, 126, 132 y 160). 18. La historia de estos dos pistoleros anarquistas, Jan y Luis Julivert, se cuenta en *Un día volveré*. En sus páginas se relata el regreso a casa de Jan en 1959, tras permanecer trece años encarcelado por un atraco. Para los vecinos del barrio, pero sobre todo para su sobrino Néstor (hijo de Luis y Balbina Roig), Jan es un héroe legendario que vuelve para redimirlos, para vengar las ofensas recibidas, aunque luego la realidad truncará todas estas expectativas. Su fisonomía está inspirada en la de Paco Rabal, como se cuenta en el retrato que Marsé le dedica al actor en *Señoras y señores* (Planeta, p. 229). De Luis Julivert Mon sabremos que reside en Montpellier, está casado, tiene tres hijos, y no consiguió nunca que su hermano se exiliara. 19. 'presumido, vanidoso'.

El mallorquín arrugó la nariz porcina:

—¡Qué dice! ¿Está de broma? Abajo no hay nadie —y se volvió hacia el comisario con risueño estupor—. ¿De qué habla, usted lo sabe? Abajo no hay más que ratas...

El comisario Arenas lo atajó con mirada severa:

—Déjalo, anda. Hay mucho trabajo.

—¡Pero bueno! ¡Que va en serio, que hoy no hemos bajado a ninguno todavía...!

—Que lo dejes te digo —insistió el comisario.

Porcar se encogió de hombros y se alejó lentamente hacia la mesa de la mecanógrafa. El inspector observó el remilgado balanceo de su espalda embutida en el chaleco. «¿Qué pasa hoy, que tienes a todo el personal en danza?», preguntó, y el comisario lo miró aún más extrañado que antes, cuando le vio extraviarse en los sótanos de la memoria. «Pero tú de dónde vienes», gruñó: «¿No has leído la circular del Gobierno Civil?».

El inspector se alarmó al presentir otro embrollo en su mente. El caso es que hoy no había pasado por Jefatura, dijo. Recibió por teléfono la orden de presentarse en el Clínico, donde estuvo tocándose la pera hasta las tres de la tarde,[20] esperando a uno de Homicidios que le dio plantón; llamó a la Brigada y le dijeron que no esperara a nadie, que lo único que debía hacer era buscar a la niña y llevarla al depósito y que identificara el cadáver en su presencia; al muerto ni siquiera lo destapó para verle la cara, quienquiera que fuese le tenía sin cuidado, este servicio le ponía de mala hostia. Se lo habían endosado a él solamente porque conocía a Rosita y porque la directora de la Casa era su cuñada...

El comisario no le prestaba mucha atención.

—Pero no quiere ir, la cabrona —añadió el inspector—, no quiere verle ni en pintura, al fiambre.

Esperó inútilmente algún comentario del comisario y luego pensó, bueno, tengo toda la tarde para convencerla.

---

20. *tocándose la pera*: 'sin hacer nada'.

Entonces vio al mallorquín acercarse de nuevo con paso decidido y un fajo de impresos en la mano. El flequillo cabalgaba sobre su frente y sonreía con determinación de cretino.

—Ahora —dijo el inspector como si hablara solo— tengo pocas cosas que hacer y me gusta hacerlas despacio.

El comisario, que hojeaba unas minutas recostado en el canto de la mesa, lo escrutó con su mirada afable y sombría. Acabarás en Archivos o en Pasaportes, pensó.

—Pues aquí —murmuró cogiendo distraídamente los impresos que le tendía Porcar— hemos tenido una mañana bastante movida.

—¿Y eso?

—Hombre, por lo de los boches[21] —terció Porcar. Parece que algunos lo están celebrando.

Había conatos de huelga y un alegre trajín de hojas clandestinas, dijo, en el fondo una bobada: ni que los aliados fueran a llegar mañana mismo. «Los exaltados de siempre», añadió. A través de los enlaces sindicales, las comisarías estaban recibiendo listas de gente que no se había presentado al trabajo o que lo había abandonado, y se estaba procediendo a su detención. Las medidas preventivas dictadas por el Gobierno Civil no indicaban en absoluto una situación de alarma. Las diligencias y los interrogatorios revelaban falta de coordinación y para muchos la derrota alemana no era más que una excusa para ir a entromparse a la taberna.[22] «Nada, ganas de fastidiar», concluyó el comisario: «Este jolgorio estaba previsto, se veía venir desde el desembarco de Normandía».[23]

---

21. 'alemanes'. El apelativo con sentido despectivo se empezó a utilizar durante la primera guerra mundial a partir del francés *caboche*, 'cabeza grande', por el aspecto que tenían en las caricaturas y dibujos de la época. 22. El 7 de mayo de 1945, un día antes de la fecha en la que transcurre la acción de la novela, Alemania firmó en Reims su definitiva capitulación en la segunda guerra mundial. Para los españoles contrarios al Régimen la derrota del aliado de la España franquista era motivo de celebración. 23. Alusión al desembarco del 6 de ju-

El inspector asintió reiteradamente, abstraído. Se encontraba a mil kilómetros de allí, sopesando con renovada entereza la amenaza del huevo otra vez encogido, a punto de saltar a la ingle. «Mierda», masculló.

Porcar había salido al pasillo dando voces a alguien. El comisario abría y cerraba cajones en su mesa y su crispada impaciencia desmoralizó al inspector. Luego sintió la amistosa presión de su mano en el codo mientras caminaban, pero no sacó las manos de los bolsillos. Temía sufrir un calambre al menor movimiento. Cuando se dio cuenta, ya estaban en la puerta de la calle. La presión húmeda en la ingle, como el hocico helado de un perro, cedió de pronto. «Déjate ver más a menudo», dijo el comisario palmeándole la espalda. «Y vigila esos dolores de cabeza».

El inspector no recordaba haber mencionado los dolores de cabeza. Las mujeres tocadas con pañuelos negros seguían brazos cruzados y mudas delante de la comisaría. Le quedaban veinte minutos y entró en la taberna al lado del cine Iberia. Miraba las hojas tersas y verdes de las moreras a través del cristal de la puerta, luego los carteles de veladas de boxeo en el Iris y el Price,[24] y pensaba oscuramente en el retrete y la bala-caramelo incrustada por fin en su mollera. Comprendió que el vino nunca llegaría a aturdirle lo bastante y pidió un botellín de gaseosa.

Cuando salió, desde el cine le llegó un sordo disparo y una melodía sumergida, ondulante, como si tocaran el piano bajo el agua. Más arriba habían baldeado la calle y bajaban

nio de 1944 que dio inicio a la ofensiva de las tropas aliadas que acabaría con el frente occidental alemán y llevaría a la conclusión de la guerra. Esta operación militar se recuerda también en *Si te dicen que caí* (p. 243). 24. Alusión a dos célebres centros de espectáculos de Barcelona. El Iris estaba en la calle Valencia; el Price, situado en la calle Floridablanca, programaba boxeo los miércoles, lucha libre los viernes y baile de *raspas* ('de criadas') los jueves, excepto durante la Cuaresma, cuando se pronunciaban sermones. En la literatura de Marsé se muestra lo importante que fue en la época el boxeo en las ilusiones de muchos jóvenes de origen modesto como camino para salir de la miseria (véanse, por ejemplo, *Si te dicen que caí* o *Un día volveré*).

oscuros regueros de espuma jabonosa.[25] Prendido en las comisuras de la cloaca se pudría un ramo de lirios.[26] En un portal y de espaldas, subiéndose con disimulada premura el borde de la falda, una muchacha hizo chasquear la liga contra su muslo.

25. *baldear* vale por 'regar echando agua desde un *balde*' o cubo.   26. En la conclusión de la novela reaparecerá este motivo levemente transformado.

4

Rosita había dejado el porche abierto para facilitar el secado del mosaico. Desde fuera, el inspector veía las grandes macetas de helechos en el recibidor y el largo pasillo de baldosas lila y perla recién baldeadas, pringadas de una luz lechosa que provenía del jardín trasero. Al fondo y a gatas, arrastrando las rodillas liadas con trapos deshilachados, el pequeño trasero enhiesto, la niña restregaba la bayeta y parecía suspendida en el aire, sobre un crudo resplandor de lago helado.

Diez minutos después salía a la calle con el capacho en bandolera y las rodillas sonrosadas. Traía un sofoco, el rodete flojo en la nuca y un mechón de cabellos engarfiado en las comisuras agrietadas de la boca.

—Jolines —se lamentó al verle—, pensé que lo dejaría correr...[1]

—Pues aquí me tienes.

—No he hecho más que empezar, ¿sabe? La faena es lo primero.

—Ya.

—¿Piensa seguirme toda la tarde?

—No tengo nada mejor que hacer —gruñó el inspector.

—Conmigo va usted a perder el día tontamente, ya lo verá.

—Bueno, lo perderé.

—Le trae más cuenta irse a perseguir ladrones y maleantes y meterlos en la cárcel y todo eso, créame.

—Tú qué sabes, mocosa.

—Vaya, ¿no es ése su trabajo?

—También me ocupo de otras cosas.

---

1. 'pensé que se olvidaría de ello', por influencia de la frase hecha catalana *deixar-ho córrer*, 'dejarlo correr'.

Guardó silencio un rato, y la niña resopló de impaciencia:

—El martes no es mi día de suerte. Y para quien ande a mi vera, tampoco, se lo advierto.

—No digas bobadas.

Rosita aflojó el paso. Se frotaba las manos con una crema y se estiraba los dedos haciendo crujir las articulaciones. «¡Uf, estoy baldada!», suspiró. El inspector miró sus rodillas.[2]

—¿Por qué no friegas con el mocho, y no tendrías que arrodillarte?

—Fregar de pie es malo para la columna vertebral, ¿no lo sabía?

El capacho golpeaba su cadera con ruido de quincalla. Hizo un alto y reforzó el rodete en su nuca cambiando de sitio algunas horquillas. El inspector percibió el acre aroma de los sobacos.

—Me diste una buena descripción de aquel hombre. ¿Te acuerdas?

—Yo qué va. Hace tanto tiempo.

—Dos años. Nada.

—Huy, nada, dice —Rosita sonrió, sujetando una horquilla con los dientes oscuros y dañados—.[3] Han pasado muchas cosas, en dos años. Ya no soy aquella pánfila, ¿sabe usted?

2. Tanto el narrador como el inspector volverán a prestar atención a las rodillas de Rosita (pp. 129, 130, 149 y 180), y en ellas dejará también el carbonero sus huellas (p. 180). Pero las rodillas a las que más interés presta el autor son las «soleadas», «bronceadas» y turbadoras «rodillas de seda» de Teresa Serrat (*Últimas tardes con Teresa*, pp. 106, 197, 210, 281 y 282, 347 y 359). En *El embrujo de Shanghai* aparece una escena en la que Forcat acaricia casi imperceptiblemente una rodilla de Anita, ante el aturdimiento de Daniel (pp. 119 y 120). Y en *Rabos de lagartija* se dice que la muchacha de la bicicleta tenía las «rodillas rabiosas» (p. 293). Al preguntarle al autor, en un cuestionario periodístico, por una «obsesión», responde señalando a «las rodillas de las mujeres» (*Qué leer*, junio de 2000, p. 34). Y a Ramón Freixas le confiesa en una entrevista que «las rodillas expresan deseos, pueden expresar un fervor determinado, estar apretadas, implicando un temor, o relajadas, implicando una especie de dejadez o disponibilidad erótica». 3. En el desenlace de la novela, la reiteración de esta imagen de la «boca llagada», podrida, «enferma» se convertirá en símbolo del deterioro de la protagonista (pp. 136-137, 180 y 183-184). En *El amante bilingüe* el mago Fu-Ching «exhibe unos dientes podridos» (p. 42).

El inspector observó en su mejilla la pequeña arruga, afilada y ávida, que desfiguraba su sonrisa.

–Quieres decir que ya no te asustas de nada.

–No señor. Quiero decir que una servidora ya no se fía ni de su padre, que en gloria esté.

–Haces muy bien.

Rosita avivó el paso y meneó la cabeza.

–No puede llevarme a la fuerza –dijo–. Lo he pensado bien y no quiero verle. Me podría dar algo, ¿sabe? Cuando era pequeña vi a un muerto en la estación y me desmayé, me caí redonda. Y no crea que fue de debilidad, no señor, aunque entonces ya estaba sola y llevaba días sin comer... Pero no fue por eso.

–¿De qué hablas? –gruñó el inspector–. No se puede comparar.

–Era un pobre soldado. Lo llevaban en una manta y de cintura para abajo no tenía nada. Pero nada, oiga.

Volvió a ver las piernas abandonadas al otro lado de la vía, en la tranquila postura de un hombre que está reparando algo debajo de un vagón, y todavía hoy se preguntaba por qué las dejaron allí; tal vez porque llovía mucho, y por los aviones: «Dijeron que no fue el tren, que fue una bomba», recordó: en ese mismo tren había viajado desde Málaga con las monjitas y otras huérfanas, a los siete años, hasta llegar aquí, «mi gente ya había muerto, señor, ya estaba sola en el mundo», lloviendo todo el camino hasta Barcelona.[4]

El inspector escrutaba la calle desierta.

–Podríamos coger un taxi –dijo.

Y a veces aún veía pasar, tras el cristal de la ventanilla que azotaba la lluvia, pequeñas estaciones en ruinas, vagones

---

4. La familia de Rosita debió de morir durante los bombardeos que sufrió la Málaga republicana a mediados de enero de 1937, en los que sucumbieron unas cinco mil personas, o en la terrible represión. El cadáver que vio Rosita, cuando tenía siete años, al que una bomba había separado el cuerpo de las piernas, es probable que fuera una de esas víctimas. Allí se harían cargo de ella unas monjas que la llevaron a Barcelona.

ametrallados en vías muertas, la acogedora tiniebla de un túnel. Iremos en el metro, prometió a sus compañeras de viaje:
es fantástico. Vas por debajo de la tierra y no ves nada, nada,
como si siempre fuera de noche.

–A mí lo que me gusta es el metro.

–El tranvía nos deja más cerca –dijo el inspector.

–No. El metro es mejor –insistió ella–. Y lo de mirar al
muerto, pues ya veremos... Desde luego ahora no, tendrá que
esperar.

–¿Qué llevas en el capacho?

–Mis cosas. Trapos. Nivea para las manos. La función de
la parroquia. Yo hago de Santa Eulalia –sonrió, mirándole
de reojo–. Y dos fiambreras por si cae alguna cosita buena de
comer, sobras de la cocina... ¡Mire!

Cruzaban la calle de las Camelias. Sobre las basuras apiladas en la esquina yacía una paloma con la tráquea seccionada.[5] Rosita quiso cogerla, pero el inspector se lo impidió.

–¿Quieres pillar una infección?

Luego simuló interesarse por su trabajo:

–¿Qué os pagan?

–No lo sé. Pregunte a la directora. Ella es la que cobra.

–Pero en esas torres vive gente rica, tienen criada.

–Pues claro –dijo Rosita enfurruñada–. Yo sólo soy la
niña de las faenas, no pinto nada, ni ganas. Las señoras nos

---

5. La imagen de la paloma decapitada es una idea recurrente en Marsé (*Si te dicen que caí*, p. 31, y «Muchacha en una bicicleta de hombre»), pero en *Ronda del
Guinardó* las palomas se convierten también en objeto de trueque comercial entre Rosita, los Jara (viven de cazar gatos y palomas, entre otras cosas) y Benito,
el sereno (pp. 116, 150-151, 167-168, 171 y 197). No parece casual que Rafa, el novio de Rosita, la llame «paloma» (p. 184) y que en el desenlace, tras observar con
repugnancia el cadáver, la chica tenga que tirar a una cloaca la paloma decapitada con la que le pagaron los Jara, ya que Benito no se la quiere comprar (pp.
197-198). Así, las palomas parece que quieren suicidarse (p. 174; en *Rabos de lagartija*, pp. 139 y 140, se especula con el posible suicidio de un chucho) o las encontramos con la tráquea seccionada (p. 132), por lo que bien pudieran ser aquí
símbolo de la inocencia degradada. Y en *El embrujo de Shanghai*, el Kim define
a Susana, su hija, como una «dulce paloma dormida» (p. 58), y Nandu le comenta a la chica que su padre la ve como una «paloma herida» (p. 72).

cogen por caridad, son congregantas del *Virolai Vivent*,[6] de Las Ánimas. Amigas de la directora y del mosén[7] y todo eso. Bajaban por Secretario Coloma pegados a la tapia del campo de fútbol. En el Hispano Francés habían izado la bandera tricolor.[8] A Rosita los calcetines mojados se le remetían debajo de los talones y se paró. «Y eso es lo malo, que tengan criada», añadió apoyándose en el brazo del inspector. Levantó los pies alternativamente y él reparó en los rasguños de los tobillos marrones. «Yo me entiendo mejor con las señoras», prosiguió Rosita: «Ésta, por ejemplo, la Tomasa, es una mala bestia. Sabe que vengo los martes y se aprovecha; me toca sacudir las alfombras más pesadas, planchar montones de ropa, lavar pilas de platos. La tira, oiga.»

Un taxi remontaba la calle sin asfaltar pedorreando un humo negro, pero no estaba libre. No circulaba ningún otro coche y apenas gente. Abstraído en el parloteo de la niña, el inspector se dejaba llevar. Cuando se dio cuenta, ya estaban en Paseo del Monte, con su pendiente dormida y umbrosa bajo las acacias.

–Cogemos el metro en Lesseps, si quieres.

–Y fíjese, cuando estoy en la cocina...

---

6. El *virolai* es una estrofa de origen francés (el *virelai*) y un género poético musical formado por refranes y estrofas, compuestas de dos pies y susceptibles de dividirse en dos o más versos cada una. Da título a una canción de Jacint Verdaguer dedicada a la Virgen, recogida en su libro *Montserrat* (1880), y que, musicada por Josep Rodoreda, es todavía hoy una de las canciones simbólicas del catalanismo. El *Virolai Vivent* ('el Virolai Viviente') es, por tanto, una congregación católica y catalanista. (Véase su historia en *Colección particular*, El *País*, 12 de marzo de 1989). El protagonista de *Últimas tardes con Teresa* se permite la irreverencia de utilizar la letra del *Virolai* para invocar a su amada: «¡Tere mía, rosa de abril, princesa de los murcianos, guíame hacia la catalana parentela!» (p. 432). En *Confidencias de un chorizo*, Paco, el protagonista, se define como «analfabeto, un burro, la escoria cultural, una basura murciana y legañosa en la dolça Cataluña, patria del meu cor, rosa de abril morena de la serra y de verde luna...» (pp. 28-30). Y en «El fantasma del cine Roxy» la papelería de Susana se llama *Rosa d'abril*, por el comienzo de la letra del *Virolai*. 7. 'sacerdote'. 8. El Hispano Francés era un club polideportivo situado en la calle Cerdeña que desapareció en los años sesenta.

−Espera. ¿Adónde vas ahora?

−Cuando estoy en la cocina, la mala zorra me vigila todo el rato. Y eso que tengo permiso de la doña para comer lo que quiera... Hoy había crema catalana y medio brazo de gitano y champán. Se ve que han celebrado algo. El señor Planasdemunt estuvo escuchando la radio francesa en su despacho y cantaba; es un poco de la *ceba*, ¿me entiende?[9] A mí sólo me habla en catalán, como la *Betibú*. Lo has de aprender, maca,[10] me dice siempre. Pero es buena persona, no vaya usted a pensar mal... Oiga, ¿qué le pasa?

El inspector se había parado y pateaba la acera como sacudiéndose el polvo del zapato. Su cara congestionada denotaba contrariedad y un tedio inmenso. «Nada», dijo y flexionaba el pie, apoyándose en el hombro de Rosita. Desde hacía algún tiempo, su cuerpo no dejaba de sorprenderle; ahora sentía un hormigueo intensísimo en la mitad delantera del pie, como si de pronto toda la gaseosa del botellín hubiese ido a parar allí bajando desde su estómago.

−Eso es la mala circulación −dijo Rosita−. Falta de riego consanguíneo.

−Sanguíneo.[11]

−Quítese el zapato. Vamos.

Lo apremió, agachándose, y ella misma se lo quitó. «Qué haces», gruñó el inspector. Pero ya las pequeñas manos fu-

---

9. *ser de la ceba* ('ser de la cebolla') es frase hecha catalana equivalente a 'estar muy enraizado' y que se aplica al catalanista.   10. 'guapa, bonita', catalanismo.   11. Otro error similar cometerá Rosita al decir el texto de la obra teatral que ensaya (p. 178). En *Últimas tardes con Teresa* el protagonista confunde *linotipia* con *lipotimia* (pp. 328 y 364); en *Si te dicen que caí* (pp. 112 y 126), Java se equivoca durante la representación de *Los pastorcillos* (así llaman los kabileños a *Els Pastorets*), confunde *patentoria* con *perentoria* y lo corrige el director; en esta misma obra, mientras los *trinxas* torturan a Juani, uno de ellos llama *Anastasia* a la *anestesia* (p. 37); y en *Rabos de lagartija* la abuela de Víctor llama a la bomba atómica «bomba atomicia», error que luego remedará el joven (p. 42, 116 y 144). Pero sin duda alguna es en *Confidencias de un chorizo* donde Marsé utiliza en mayor medida este recurso humorístico (pp. 64, 95, 99, 163, 175, 179, 187, 188, 191, 199, 215 y 216).

riosas[12] lo confortaban a través del calcetín. Desde una ventana baja, a su lado, salía el rumor cadencioso de una máquina de coser.

—¿Sabe qué vamos a hacer? —Rosita lo calzó de nuevo y se levantó decidida—. ¿Ve aquella bodeguita, al final de la calle? Me invita a un *orange*,[13] y mientras usted se toma un café y deja reposar la pata, yo voy a casa de la señora Casals. Está ahí mismo. ¿Qué hora tenemos?

Eran las cinco y media pasadas. «¡Ostras, hoy me van a echar de todas partes! Bueno, que esperen.» El inspector soltó un bufido largo y gaseoso:

—Luego dirás que te he llevado al Clínico a la fuerza.

—Yo qué voy a decir eso. Si es usted la mar de bueno.

Ocuparon la única mesa que había en la acera. Al sentarse Rosita, sus rodillas enrojecidas desplegaron ante el inspector una madurez insolente y compulsiva. Sacó del capacho un níspero maduro y lo frotó con el borde de la falda. Al lado de la bodega había una carbonería y sentado a la puerta, en una silla baja, un tipo delgado con la espalda muy tiesa tiznado de hollín de los pies a la cabeza; llevaba un par de guantes sucios y destripados prendidos en la faja negra y los cabellos planchados y untados de fijapelo y coquetería. Se incorporó con una botella de cerveza en la mano, entró en la bodega acodándose de espaldas en el mostrador y desde allí miró a Rosita.

Ella daba modisquitos a la pulpa rosada del níspero.

—¿Se encuentra mejor?

El inspector asintió mientras se quitaba el zapato. Masa-

---

12. La peculiar utilización de este adjetivo es muy frecuente en el autor. En esta misma novela se dice que Rosita «se persignó trazando un furioso garabato» (p. 177). Marsé define al Pijoaparte como «un chaval de cabeza rapada y ojos furiosos»; en «El fantasma del cine Roxy», a las aventis se las tacha de «furiosas» (p. 55); y en *Rabos de lagartija* se comenta que el cigarrillo creaba una espiral azul y «secretamente furiosa y enroscada», que le dio «una última y furiosa calada al cigarrillo», y se habla del «corazón furioso» de David (pp. 62, 196 y 214). 13. 'gaseosa de naranja' y refresco que solían beber los niños en aquella época.

jeó el pie y cuando salió el tabernero pidió un *orange* y un tinto. Rosita señaló la casa detrás de las acacias, al otro lado de la calle. Era una torre de dos plantas, con verja y ventanas enrejadas al ras de la acera.

−Comen escudella cada día y tienen un loro que reza el rosario en catalán −dijo−.[14] En serio. Con unas cagaleras, pobre animal... No tardaré nada, no hay mucha faena. Dos cuartos de baño y seguramente la habitación del abuelo. Lo peor es la jaula del lorito, con su mierda de toda la semana.

El inspector sentía retroceder el hormigueo del pie. El vino era áspero y cabezón. Rosita lanzaba cautelosas miradas al perfil rapiñoso del carbonero, cuya frente ceñía un pañuelo negro. Entonces pensó otra vez en el muerto con un escalofrío:

−¿Y si me desmayo al verle?

−Yo estaré a tu lado.

−¿Está metido en una caja, con el crucifijo en el pecho y cirios a los lados y toda la pesca...?

−Nada de eso.

−¿Está desnudo?

El inspector miraba el níspero rezumando entre sus dedos.

−Sólo tienes que verle la cara. Basta con eso.

−¿Y se ha muerto cómo, de qué?

−Se tiró él mismo por el hueco de una escalera; o de un terrado, no lo sé. Está un poco desfigurado, supongo, pero cuando lo veas te acordarás...

La niña reflexionó parando de masticar: «Qué espanto. Ahora no lo pueden enterrar en tierra santa, en ningún cementerio. No irá ningún cura y la caja no llevará la cruz, porque es un suicida.» Hizo saltar el bruñido hueso del níspero, engulló el resto y luego engarfió con el dedo meñique de cada mano las comisuras dañadas de sus labios,[15] ventilando

---

14. *escudella*: potaje típico catalán. 15. Marsé utiliza con frecuencia el adjetivo *engarfiado* para crear imágenes con los dedos, los pulgares o el bastón (véanse

un escozor de la boca. Explicó que le habían salido llaguitas y ronchas hasta la campanilla, un sarpullido interior de primavera. Bebió un trago de *orange* y añadió:

−¿Y no hay nadie con él? ¿No tenía familia ni amigos?

−Cómo saberlo −dijo el inspector−. Y quién le va a echar de menos. Esos tipos acaban todos igual, sin dejar rastro.

−¿Usted cree que se suicidó? Dicen que ahora pasa mucho, que hay como una plaga, pero que no sale en los diarios porque está prohibido hablar de eso, que cuando viene en los sucesos que alguien fue atropellado por el metro o se cayó a la calle desde una ventana, es que se tiró. ¿Es verdad, oiga?

El inspector seguía masajeando el pie dormido con talante perplejo y Rosita se impacientó: «Jesús, qué poca maña. Traiga usted acá.» Apoyó el pie en su regazo y lo estrujó con ambas manos, atornillando sabiamente los pulgares en la planta. Cruzó las piernas con presteza y de nuevo el inspector percibió fugazmente en sus rodillas el despliegue sedoso de una madurez furtiva. Ella prosiguió en tono confidencial:

−¿Y sabe qué dicen, también? Dicen que muchas personas desaparecen de un día para otro como por encantamiento, y que nunca más se supo. Que se esfuman de repente, ¡zas!, como el Hombre Invisible, y nadie sabe cómo ha sido.[16] Mire

también las pp. 140 y 180). En *Rabos de lagartija* el término aparece relacionado con los dedos y la nariz (pp. 288, 322, 328 y 346). **16.** El *Hombre Invisible* es una novela de H.G. Wells, publicada en 1897, en la que se inspiró la película de James Whale, estrenada en 1934, cuyo protagonista tenía el rostro vendado. Marsé se refiere aquí, como sabemos por *Colección particular* y *El embrujo de Shanghai*, al capitán Blay, marido de Conxa Fullat, «la Betibú», que estuvo escondido durante años y cuyo nombre real era Josep Lostau i Maduell. El apodo de este personaje tiene su origen en «el inolvidable capitán Bligh de la *Bounty*» de *Rebelión a bordo* (Frank Lloyd, 1935), papel que interpretaba Charles Laugthon en una película que Marsé considera «magistral» (véase *Un paseo por las estrellas*, pp. 18, 77, 78 y 92). Aunque, a diferencia de lo que ocurre con el señor Oms, en «Historias de detectives» este capitán Blay nada tiene de «odioso»; más bien es un viejo mochales de lo más lúcido, derrotado por la guerra. En la novela tiene mucho protagonismo y en ella se cuenta su historia y muerte (pp. 11, 28, 29 y 185-193). También se alude a él en *Si te dicen que caí*: «Los pelos verdes que le salen en la oreja izquierda al capitán Blay no son pelos, es la

la fati de doña Conxa:[17] Un día bajó al colmado a comprar una lechuga y al volver a casa ya no encontró a su marido. Y nunca jamás lo ha vuelto a ver.[18]

—Ése lleva años escondido como una rata.

El furioso maltrato que le daban las manitas rojas y ásperas lo azoraba. Retiró el pie y se calzó. «Vete ya», dijo, «y no tardes.»

—Sí, no sé para qué —refunfuñó Rosita—. Para luego tener que ir a ver a un muerto patitieso y espachurrado o vaya usted a saber cómo estará. No me muero de ganas, la verdad.

Afirmó las asas del capacho en su hombro y apuró el refresco, pero no se movió. Observó la trama sanguinolenta en las mejillas del inspector.

—Dicen que a los muertos les crece la barba.

—Vaya. Pues sí que nos vamos a divertir contigo.

—Tiene usted la cara como un mapa. ¿Con qué se afeita, con un serrucho?

El inspector no dijo nada y Rosita lo miró fijamente, arrugando el ceño:

—¿Sabe qué le digo? Que me parece que está usted un poco grillado —se inclinó sobre la mesa y escrutó de cerca la boca despectiva y los pómulos altos de ceniza—. Oiga, ¿cómo es?

—¿Quién, yo?

—El otro, el muerto.

—No le he visto la cara. Parecía alto y flaco. Tú deberías acordarte.

---

mata de una lenteja que se le metió un día en el oído y brotó, esa oreja es terreno abonado, chaval, el capitán no se lava nunca» (pp. 9, 10, 116 y 117). Durante el rodaje de *El embrujo de Shanghai*, Marsé confesó que Fernando Fernán-Gómez era el capitán Blay ideal.   17. Cuando el narrador se refiere a Conxa Fullat siempre utiliza el adjetivo «gorda» (p. 122), y Rosita —como en esta ocasión— el más coloquial *fati* (del inglés *fat*, 'gordo'). A Arturito, gordo por excelencia, del que se ocupa Rosita, lo llamará «fatibomba» (p. 158); e igualmente en *Si te dicen que caí* el Tetas, «por lo gordo», se define como «fatibomba» (p. 187).   18. Algo casi idéntico se cuenta en *Rabos de lagartija*: «Una noche, el marido de la costurera [Víctor Bartra] dijo que salía a comprar una gaseosa, y nunca más se le ha vuelto a ver» (p. 27).

–No quiero acordarme. No quiero verle.

–Lo siento, no hay más remedio.

Evocó la niña postrada en la cama del hospital, las ascuas de sus ojos mirando el techo, las piernas abiertas y rígidas bajo la sábana.

–Un día me dijiste, llorando de rabia, que te gustaría verle muerto.

–Un día un día, yo qué sé qué dije un día.

Sólo podía verle sentado todavía junto al fuego, siempre atizando las brasas con un palo, el zurrón a la espalda y la cabeza hundida entre las solapas alzadas del abrigo. ¿Alto y flaco? No llegó a verle de pie, no le dio tiempo a nada. Ella cruzaba el descampado cara al viento con la capilla de la Virgen apoyada en la cadera y se acercó al fuego a calentarse las manos; siempre que venía de casa de doña Conxa se paraba allí un rato a conversar con un viejo vagabundo que recogía vidrios y metales con un carrito de madera negra de piano adornado con calcomanías, recortes de Betty Boop y anillos de puro;[19] o con los chicos del Guinardó que cazaban gatos en los escombros y que la secuestraban un ratito en la destartalada cabina del camión ruso, un esqueleto herrumbroso sin ruedas ni motor.[20] Pero esa noche no estaban sus amigos y el hombre sentado a la lumbre no era el vagabundo conocido; cuando se volvió a mirarla, ya tenía la navaja en la mano y decía con la voz rasposa: «No grites. Siéntate aquí». La estuvo mirando un rato y luego le dijo que se tumbara junto al fuego y le levantó la falda. El hombre arrojó puñados de tierra al fuego hasta casi apagarlo, pero luego, mientras duró aquello, el viento lo avivó y brotaron las llamas otra vez; ella las veía rebrincar con la mejilla aplastada contra el polvo, la punta de la navaja en el cuello. Escupió en los ojos turbios del perdulario y en su boca sin dientes, que olía a habas crudas y era

19. Se rectifica aquí el error de la primera edición, donde se decía que este vagabundo era el capitán Blay. Véase la nota 30. 20. Lo mismo hacen los kabileños en el Lincoln abandonado («Historia de detectives»); al respecto puede verse también *El amante bilingüe* (pp. 37 y 160).

resbalosa y blanda como un sapo.[21] Una mano renegrida y temblorosa acariciaba su pelo.

Rosita sacudió el borde de la falda y se levantó. «Voy a hacer un pis», dijo. Entró en la bodega y tardaba en volver. El inspector miró adentro por encima del hombro y la vio hablando con el carbonero. El sujeto recostaba la recta espalda contra el mostrador y tenía los pulgares engarfiados chulescamente en la faja. El hollín enmascaraba su edad, observó el inspector; era casi un niño.

—Veo que conoces a mucha gente del barrio —dijo cuando Rosita salió.

—Huy. ¿No sabe que soy un gato callejero?[22] —frotaba un tizne en su cara con el dedo ensalivado y lanzó al inspector una mirada repentinamente estrábica, torva y dulce a la vez—. ¿Piensa esperarme aquí o se dará una vuelta?

Cruzó la calzada corriendo, los calcetines bamboleándose en torno a los rasguñados tobillos.

El inspector pagó y se fue. Le tenía ganas a la calle estrecha y en pendiente que enfiló envarado, las manos cruzadas a la espalda, la calle donde una noche de verano que pasaba por aquí zarandeó a un vecino que le salió respondón, en zapatillas y con la chaqueta del pijama, orinando tranquilamente, como si estuviera en su casa, contra el Peñón estampillado en la esquina...[23] Que no se había fijado, perdone, se

---

21. Al besarla su violador, Rosita siente una repugnancia semejante a la de Ana Ozores con Celedonio, según las palabras con que se cierra *La Regenta*: «Había creído sentir sobre la boca el vientre viscoso y frío de un sapo» (Como ya se ha visto, este motivo aparece también al comienzo de la novela, cuando el inspector llega a la Casa). 22. Si aquí Rosita se define como un *gato callejero*, en *Encerrados con un solo juguete* es Martín quien le parece a Tina «un gato callejero», «un gato negro y elástico en el umbral de la conciencia» (pp. 213 y 251). En *Últimas tardes con Teresa* encontramos una variante de este motivo: el narrador muestra a Maruja como un «lujoso gato encelado» (p. 94), y comenta que Teresa «suspira como una gata de lujo» (p. 131) y se restriega con Manolo «como un gatito» (p. 333). En *Un día volveré* se dice que la actriz Gene Tierney, como ya sabemos, una de las preferidas del autor, tiene «cara de gato» (p. 109). Y, por último, en *El amante bilingüe* el narrador describe a Olga, una prostituta, como «una muchacha bajita y culona con perfil de gato» (p. 85). 23. *orinando ... con-*

excusó, y luego, ya con la cara inflada: que él se meaba en la Gran Bretaña, señor, que hiciera el favor de entenderlo. No hacía cuatro años y al inspector le parecía un siglo.

Sintó un nuevo calambre en el intestino e inmediatamente la ascensión cosquilleante, literalmente risible, del inestable atributo. En cuanto al famoso estómago de hierro, estaba trabado y enmohecido, roído por la floración gástrica de sus viejos humores. Pero no paró hasta llegar a la plaza arbolada, en cuya fuente pública hizo algunas flexiones, sin resultado, mientras se inclinaba simulando beber agua. El sol en declive se volvía cobrizo entre el ramaje verde y espeso de los plátanos. Había hombres charlando en la puerta del bar Comulada y un grupo de tranviarios discutía en la parada frente al kiosco. «Portugal es el único país que quiere jugar con nosotros», se lamentó alguien. «Porque ya no somos nada», comentó otro.

Nunca había visto a tantas personas leyendo el diario en la parada del tranvía. Compró *La Vanguardia* y la hojeó caminando cautelosamente. En el vestíbulo del cine, tres ancianos tomaban el sol sentados en banquetas frente a una escupidera de loza. *En La Coruña*, decían los titulares, *España vence a Portugal por 4 a 2*.[24]

---

tra el *Peñón estampillado* en señal de protesta contra el régimen franquista y sus reivindicaciones territoriales sobre Gibraltar. En esos primeros años de postguerra, a partir de junio de 1940, el gobierno insistió en sus reivindicaciones sobre Gibraltar en los posibles acuerdos con las potencias del Eje. El motivo del puñal inglés clavado en el Peñón (al que se referirá más adelante) reaparece en «Teniente Bravo», donde –además– el grotesco militar protagonista considera a Gibraltar «la espina clavada en el corazón de todos los españoles» (p. 132), y en el relato que Marsé hace de la cantante Martirio, es la forma adoptada por una de sus singulares peinetas (Tusquets, p. 131). Tanto en *Encerrados con un solo juguete* (p. 173), *La muchacha de las bragas de oro* (pp. 20 y 21) o *Si te dicen que caí* lo estampillado en la pared es el yugo y las flechas, «la araña negra», símbolo de la Falange (pp. 14, 18, 32, 71, 147, 233, 266, 303 y 313). Lo mismo ocurre en «El fantasma del cine Roxy», donde unos flechas de Falange «repintan el borroso emblema, la araña negra» (p. 91). **24.** Con dos partidos contra Portugal se reanudaron las actuaciones de la selección española de fútbol después de la guerra. El primero se jugó en Lisboa y concluyó con empate a dos. La devolu-

El inspector caminaba cachazudo con el diario en el sobaco y las manos sonsas en los desbocados bolsillos de la americana.[25] Se diluían en su mente otros titulares de la primera plana cuando se paró ante el escaparate de una tienda de muebles que exhibía un dormitorio nupcial completo. *Episodios culminantes de la guerra que ha terminado.* Había algo raro allí tras el cristal ofreciéndose solapadamente a los novios, un guiño mercachifle de connivencia vernácula, un ritual de colores abolido.

El inspector examinó detenidamente la cama de matrimonio con el edredón color pastel y los pequeños cojines de adorno, las dos mesitas de noche y el armario de luna; en una de las mesitas ardía tontamente la lámpara de pantalla rosa satinada. *Rendición total e incondicional de Alemania.* Luego veré quién ha marcado los goles, pensó, es lo único que vale la pena leer... En los dormitorios de la memoria más profunda, en el viejo laberinto de sus primeras inspecciones y registros en los hogares del barrio, siempre había, al otro lado de la cama, una mujer joven vestida de luto mirándole con ojos de odio. Había también aquí, en la mesita de noche, una fotografía de Charles Boyer y Heddy Lamarr en un portarretratos plateado,[26] el despertador, revistas y una rosa mustia en un esbelto búcaro de cristal violeta. Sobre la alfombra

ción de la visita –partido al que se alude– sirvió para inaugurar el nuevo estadio del Coruña y los goles españoles fueron marcados por Zarra en dos ocasiones, Herrerita y César. Durante estos años la selección cambió su habitual camiseta roja por otra azul, más acorde con la ideología imperante. 25. *manos sonsas*: 'inútiles, quietas'. 26. Ambos actores protagonizaron juntos *Argel* (1938; en Barcelona se estrenó en el Astoria en 1943), de John Cromwell, por lo que la foto debe de ser de esta película. En «El fantasma del cine Roxy» se recuerda al actor, primero, «acodado a la borda (de un transatlántico) con su abrigo negro y su fular de seda, elegante pasajero transcontinental de achampanada sonrisa parisina»; y luego, con «elegante gabán solapas de terciopelo se quita el sombrero Stetson en la esquina nevada de la Quinta Avenida neoyorquina y se inclina besando gentil mundano seductor de ojos negros y pestañas apasionadas la mano de...» (pp. 34, 52 y 73). Pueden verse también las alusiones a ambos actores en *Un paseo por las estrellas* (pp. 18, 71, 72 y 169); en *Imágenes y recuerdos. 1939-1950* se les cita y se utilizan profusamente las memorias de la actriz.

dormitaba un gato negro, y, extendidos al borde de la cama, un pijama y un camisón esperaban a los cónyuges como espantapájaros abatidos.[27] El inspector sintió el testículo aplomarse en su pellejo suavemente.

Entonces fijó su atención en el cojín con franjas amarillas y rojas tirado sobre la cama.[28] Entró en la tienda y un hombre de cara chupada que vestía guardapolvo gris acudió obsequioso a su encuentro. El inspector se llevó la mano a la solapa y dejó entrever la chapa.

–¿Es usted el dueño? –dijo sin mirarle–. Haga el favor de retirar eso.

El hombre palideció. Se apresuró a retirar el cojín de la cama, excusándose: «No irá usted a pensar... Se trata de una casualidad, por los colores», farfulló. Miraba el cojín emblemático en sus manos y le daba vueltas como si fuera un extraño artilugio cuya utilidad le resultara un enigma. «Y tiene tantas franjas y son tan estrechas que quién iba a pensar...»

–Aun así lléveselo. ¿No me oye?

–Claro, faltaría más. Con su permiso –tartajeó el dueño escurriéndose hacia el fondo del local–. Hay tanta variedad de modelos... Una distracción del fabricante, sin mala intención.

El inspector le había vuelto la espalda y hojeaba las revistas de la mesita. Luego echó un vistazo alrededor y se quedó mirando la cama ancha y confortable y sonrió para sus adentros. Se vio tumbado allí con el caramelo del adiós en la boca, la cabeza ensangrentada reposando sobre el cojín separatista

27. Cuando en el capítulo quinto Rosita evoque el dormitorio del inspector volveremos a encontrarnos casi con los mismos componentes: la mesita de noche, el portarretratos de plata, la rosa en la copa, revistas y un gato negro. En este mismo dormitorio, lo veremos inmediatamente, se imaginará muerto el inspector, en una situación muy poco digna para él.   28. El narrador califica ese *cojín* como «un guiño mercachifle de connivencia vernácula» (p. 142) y luego lo denominará «cojín separatista» (p. 143), pues está compuesto por las barras de la bandera y el escudo catalanes, de ahí que también se refiera a él como «emblema palado», por los cuatro palos o barras.

y la gente agolpándose ante el escaparate, mirando atónita el cadáver y el emblema palado. El gato abandonó repentinamente la alfombra y se deslizó bajo la cama.

−No había caído, perdone −regresó el dueño apurado, conciliador−. Y es que lleva muchas franjas, ¿se ha fijado usted?, más de cuatro. No es lo que parece, no señor, no era mi intención, Dios me libre...

−Cállese o le parto la boca −dijo el inspector distraídamente.

Cogió el despertador y lo puso en hora, le dio cuerda y lo dejó en su sitio. No volvió a mirar al hombre ni una sola vez y en la puerta, antes de salir, se paró golpeándose la rodilla con el diario.

−Barra más barra menos, es lo mismo. Majadero. La próxima vez le cierro el negocio.

Poco después cruzaba otra plaza desierta, subiendo, espoleándose con el diario plegado. Dos grises patrullaban por la calle San Salvador, frente a la torrecita rosada del viejo Sucre.[29] En el recuerdo compulsivo del inspector humeaba una colilla de Tritón[30] aplastada contra la pelambrera gris de una mejilla yerta y chamuscada; ardía en su mano el periódico enrollado y la llama lamía la planta del pie. Escuchó pasos a la carrera en la esquina pero no vio nada, respiró un fuerte aroma a establo al pasar por delante de la vaquería, oyó repicar la campanilla de la puerta de la farmacia. Consultó su reloj y fue en busca de la niña.

−Ya se ha ido −dijo la vieja sirvienta detrás de la puerta entornada y la verja de lanzas−. ¿Quién es usted?

29. Se refiere al pintor expresionista Josep Maria de Sucre (1886-1969), vecino del barrio de Gracia, quien cultivó también la poesía y la crítica de arte y publicó unas *Memòries* (1964 y 1966). Marsé ha contado que cuando se lo encontraba pululando por el barrio siempre le gastaba la misma broma: «Oye, chaval, dime cómo me llamo y dónde vivo, porque lo he olvidado», y así lo recoge en *El embrujo de Shanghai*, en donde se autodenomina «ganso explorador» y aparece junto al capitán Blay como casi los únicos espíritus libres de ese mundo (pp. 15, 16, 70 y 71).   30. Marca de tabaco rubio nacional sin boquilla que se puso a la venta en 1941 para competir con el de importación.

El inspector no se identificó por no alarmarla; dijo que venía de la Casa de Familia, de ver a la directora. La vieja lo miraba con recelo.

–Hoy ha despachado la faena de mala manera –se lamentó–. Trabajadora ya es, pero cuando se le tuerce el morro...

–¿Y adónde ha ido?

–A llevarle la capilla a la sorda, como es su obligación –respondió desdeñosa–. Pero vaya usted a saber. Seguro que anda por ahí con esa pandilla de charnegos...[31]

El inspector la interrumpió de nuevo: «¿Se refiere a una señora de la calle Cerdeña que llaman la *Betibú*?», y ella asintió con sonrisa melifua: «Otra que tal baila. ¿Para qué querrá a la Virgen en su dormitorio esa pelandusca? No será para rezarle, digo yo...».

El inspector se despidió dando las gracias.

---

31. El término *charnego* designaba despectivamente, por parte de los catalanes, a los hijos de matrimonios mixtos y a los emigrantes castellanohablantes en Cataluña. Marsé lo utiliza casi exclusivamente en este último sentido. «Tengo una debilidad afectiva por los personajes perdedores, por los derrotados y marginados, por los charnegos», reconoce Marsé en una entrevista con Ana Rodríguez-Fischer. En *Si te dicen que caí* se habla de los «charnegos kabileños» (p. 62). Puede verse también el poema de Jaime Gil de Biedma «Joven charnego»: «Camisa rosa. Tejanos./ Actitud provocadora./ Y una sonrisa que es/ demasiado encantadora./ Murciano./ Olor a gato montés».

5

–Ya está –dijo Rosita espiando las caras sucias de los hermanos Jara sentados en la escalera–.[1] Ya os ha venido.
–A mí todavía no –dijo el más pequeño con la voz mimosa–. Espera, Rosi. Bonita. Salada.
–Qué lento eres –protestó ella–. Se te va a dormir la mano.
–De eso nada. Mira.
–Que me da el repelús, Perico. Date prisa. ¡Piensa! ¡Piensa en la Pili!

Rosita sacó del capacho una larga zanahoria y le pegó un mordisco avieso e interminable, mirando fijamente a Pedro. «Piensa, niño», insistió: «¡Vamos, piensa!» El chaval la miraba a su vez, perplejo, y aceleró la respiración para darse ánimos. La boina sujetaba mal su pelo largo y grasiento y, a los furiosos embates de su puño, los mechones aleteaban como pájaros negros sobre las orejas encendidas. Y se afanaba en pensar: recalentaba en la memoria no los pechines firmes de la Pili ni sus ligas ya legendarias, sino a la Rosita de invierno que compartía con él y sus hermanos el tibio sol de las esquinas, los sobados cancioneros de amor y el boniato asado; lo mismo que las demás huérfanas, Rosita llevaba en invierno medias negras de lana con una simple tira de goma apretada por encima de la rodilla, pero ella siempre parecía más friolera y al mismo tiempo más caliente y más amiga.

–Venga, niños, a ver si espabiláis –dijo separando los muslos un poco más–. No vamos a pasarnos aquí toda la tarde.

Las seis pupilas clavadas en Rosita brillaban en la penumbra del rellano, sobre todo las de Matías. El chico lleva-

1. Tanto por sus correrías como por la relación que mantienen con la protagonista, los tres hermanos Jara desempeñan una función semejante a la de Finito y Juan Chacón en *El embrujo de Shanghai*.

ba una americana de muerto que le venía grande, con las mangas vacías metidas malamente en los bolsillos. Frotaba con dulzura la mejilla en su hombro y con la punta de la lengua trasladaba hábilmente la colilla apagada de un extremo a otro de la boca, como un viejo. Hiciera lo que hiciera, constató Rosita una vez más, el fantasma de los brazos perdidos vagaba siempre en torno a sus mangas desocupadas y rígidas, pegadas a los flancos. Alguna vez ella había llegado a sentir bajo la falda las manos frías e insepultas del niño, las manos que él solamente podía mover en sueños y en aventis.[2]

–Y tú a qué has venido, tonto –le recriminó con los ojos tristes–. Para qué, si no tienes con qué... Más que tonto.

–Cierra el pico y mira aquí, niña –ordenó Miguel–. Si no miras, luego no cobras.

–Y no vale reírse –terció Pedro.

–El trato es mirar, sólo eso –dijo ella mordisqueando la zanahoria–. Puedo reírme lo que quiera. Cochinos. Babosos.

Estaba sentada tres escalones más arriba con la espalda apoyada en la pringosa barandilla de hierro y miraba de refilón, no siempre allí donde ellos querían. Y no porque sintiera vergüenza ni asco o le diera risa; prefería mirarles a la cara y comprobar cómo se iba ensimismando su expresión lela y

---

2. En *Rabos de lagartija* se alude a un *pelotari* que se quedó manco en un accidente (p. 48), y unas páginas después el doctor P.J. Rosón-Ansio le cuenta a David que los nacionales le cortaron las manos en la plaza de toros de Badajoz (p. 100); *aventis*: diminutivo de 'aventuras'. Las contaban los niños sentados en corro y podían protagonizarlas ellos mismos, como una alternativa imaginada a la vida real. Una variante interesante son las «aventis interiores» que se cuenta Juanito Marés, replegándose, en «Historia de detectives». En *Si te dicen que caí* se llaman *aventis* las historias que inventan Sarnita, Java y Martín, e incluso se esboza una definición: «hablar de oídas, eso era contar aventis» (p. 34). Las utilizan también los miembros de la pandilla de Néstor en *Un día volveré*. Dionisio Ridruejo las define como «relatos que no son mentiras, sino interpretaciones o recomposiciones (a la luz de una lógica imaginativa más coherente que la de la realidad) de lo que podrían ser o haber sido las cosas que sólo se han contemplado a medias, como tras la fisura de un tabique. Estas "aventis" hacen leyenda, con sentido trágico, de los hechos reales que, descritos en su anecdótico verismo, serían "demasiado humanos"».

soñadora, cómo iba creciendo poco a poco en sus ojos aquella flor de melancolía y de pasmo. «La cara de panolis que es-
táis poniendo», dijo. En medio del compulsivo silencio, las
tripas de Matías soltaron un maullido. El puño de Pedrito se
paró y asomó entre sus dedos tiñosos la cabecita rosada. Rosita tensó la mirada, sin un parpadeo; por un breve instante,
entre el arrebol de sus mejillas y el carbón de sus ojos circuló
una ponzoña febril, un ajetreo de sedas y alacranes.

—No te pares, niño —dijo—. Dale al manubrio y piensa.
¡Piensa!

—Ya voy, no me achuches —dijo Pedrito.

Parecía algo descorazonado, distraído. «Tienes un tizne
de carbón, Rosi», la previno: «Ya verás la directora, ya.» Ella
se frotó la cara y Pedrito añadió: «No, en la rodilla», y Rosita alzó la rodilla y la examinó, escupiendo en la palma de la
mano. Entonces, mientras la veía restregarse con saliva, el
niño se la figuró apresuradamente tumbada de espaldas junto a la fogata con la falda en la cintura y luego espatarrada y
gimiendo sobre la negra carretilla del carbonero. Cerró los
ojos y ladeó la cabeza.

—Ya estás —advirtió ella—. Ahora te vino, no digas que no.
Y tú también, Miguel, te he visto.

Dejó de mirarles, juntó los muslos y se puso a ordenar el
contenido del capacho. Los tres hermanos tenían a su lado el
saco lleno de papel y trapos y ocupaban dos escalones del último tramo de la escalera. Desde la claraboya del terrado caía
sobre ellos una luz amarillenta. Rosita estaba en el último es-
calón, la capilla en el regazo y el capacho en el descansillo.
Cada martes se encontraban allí; ella con la Virgen para la
Betibú y ellos con el saco y la romana, después de llamar a todas las puertas. Mostraban un falso carnet del Cottolengo
del Padre Alegre y recibían donativos.[3]

3. El Cottolengo era un asilo público para lisiados y huérfanos, situado en la
carretera del Carmelo. Fue fundado en 1932 siguiendo el modelo turinés de
San Giuseppe Benedetto Cottolengo. En *Últimas tardes con Teresa*, el Pijoaparte describe a los allí acogidos como «meningíticos. Hijos de la sífilis, del

–Rosi, cuéntanos cómo calientas al gordito mongólico –dijo Miguel levantándose–. Cómo le das friegas con polvos de talco. Anda, cuéntanos.

–Las perras que te da el fati no valen –dijo Matías–. Es dinero de antes de la guerra. ¿Por qué te dejas timar?

Ella no contestó. Les presentó la capilla y ellos echaron en la ranura del cajoncito los cuarenta y cinco céntimos, quince cada uno. Rosita acercaba la cara para ver depositar las monedas de cerca y de paso husmeaba el aroma a algas marinas que persistía en sus dedos. «Y ahora mi paloma», exigió. Miguel la llevaba prendida en el cinturón por una pata. De mala gana se la dio, y Rosita la guardó en el capacho.

–De todos modos, nadie nos daría un real por ella –dijo Pedrito.

–Yo la vi antes –dijo Rosita–, pero el poli no me dejó ni tocarla.

–Que te aproveche –masculló Pedrito con una mueca de asco–. Menda sólo come las que cazamos. Ésta la pillaría un tranvía, o vete a saber.

Matías daba cabezadas sorbiéndose los mocos.

–Tiene un balín debajo del ala –dijo–. Se cayó a la vía y ¡zas! Seguro.

–Hemos escarbado en la basura y ni rastro de la cabocia –dijo Miguel–.[4] Se la cosemos al buche y ni te habrías enterado, niña. Pero alguien se la llevó.

–Un tísico, qué te juegas –sugirió Pedrito–.[5] Sólo comen caldo con cabezas de pichón.

hambre y todo eso» (p. 191). En *Si te dicen que caí*, Ñito recuerda que los miembros de su pandilla mendigaban calderilla para el asilo (p. 117).   4. *cabocia*: 'cabeza'; es vulgarismo.   5. La llamada *tisis*, tuberculosis pulmonar, hizo estragos en los primeros años de postguerra debido al hambre, el frío y la falta de higiene. Se le llamaba «la enfermedad de los pobres» y se curaba con reposo y buena alimentación, aunque ésta no sólo consistiera en tomar «caldo con cabezas de pichón», como sugiere Pedrito. En 1947, cuando se autorizó en España la venta de la penicilina, empezó a mitigarse. En *Si te dicen que caí* se alude a varios individuos afectados, como el mayor de los tres hermanos Dondi. Uno

Se habían incorporado los tres. Matías restregó la nariz en el hombro y preguntó a Rosita: «¿Te vienes con nosotros? Ya ves que la gorda no te oye». Ella lo miró sin decir nada, luego le sacó del bolsillo un pañuelo que parecía tasajo y le limpió los morros.[6] «Suénate, marrano. Fuerte.» Miguel cargaba con el saco y miró a Rosita con ojos burlones: «Tú siempre dices que somos demasiado pequeños, pero si en vez de guipar[7] hicieras algo, te ibas a forrar, chavala...». Rosita le tiró el pañuelo a la cara.

Bajaron las escaleras saltando y riéndose y ella se quedó aporreando la puerta de la *Betibú*. Pero dentro del piso no se oía como otras veces el alegre tintineo de los bolillos, y nadie acudió a abrir.

Rosita salió a la calle y se paró, indecisa, la capilla apoyada en la cadera como si llevara una pesada damajuana.[8] Aseguró la clavija sobre la pequeña puerta combada de dos hojas que ocultaba a la Virgen, y entonces vio acercarse por la

de los kabileños, el Tetas, comenta que Ramona tiene cara de tísica, y Luis Lage, otro de los miembros de la pandilla, muere de esta enfermedad y durante el cortejo, Sarnita se inventa la aventi de los «vampiros tísicos», a partir del rumor de que se raptaba a niños para extraerles la sangre y vendérsela a los tísicos, en la que convierte a los falangistas en vampiros y a los policías en tísicos; «o te la chupan o se mueren, no tienen escapatoria», concluye Sarnita su fábula política (pp. 276-283). Los jóvenes protagonistas de la novela (pp. 14, 62, 125) relacionan los efectos de la enfermedad con rumores que circulaban en la época (como producto de una excesiva práctica sexual) o con el miedo al contagio (alimentos o golosinas infectadas por tísicos contratados por los laboratorios que las fabrican porque cobran un jornal más bajo). En *Un día volveré*, el hijo de Berta, la comadrona, padece la enfermedad. Y en *El embrujo de Shanghai* Susana se pasa acostada gran parte de la novela porque tiene el pulmón izquierdo —como le gusta precisar— infectado. Por *La promesa de Shanghai*, guión de Víctor Erice basado en la novela de Marsé, sabemos —el dato no aparece en la novela— que fue el mayor de los hermanos Dondi quien le trasmitió la enfermedad, en los morreos que se daban en el Parque Güell (pp. 43 y 44). La enfermedad llegó a ser tan frecuente que los niños de la época entonaban una canción que decía: «Somos los tuberculosos/ los que más/ los que más nos divertimos,/ y en todas nuestras reuniones/ arrojamos, arrojamos y escupimos». 6. *tasajo*: 'cecina', por lo acartonado que estaba el pañuelo. 7. 'mirar'. 8. 'garrafa'.

acera la imponente figura de andares pesarosos y fue a su encuentro.

—No se enfade, inspector. No crea que me quería escapar... Pensé que tenía tiempo de llevarle la capilla a la señora Conxa. Pero no está en casa, o no me oye, como es tan sorda...

—La he visto en comisaría. Si vuelves a hacerme eso te sacudo.

—Perdone, jolín.

Rosita echó a andar calle abajo y hurgaba en el capacho con la mano libre. Empuñó otra zanahoria y empezó a comérsela.

—¿De dónde has sacado eso? —gruñó el inspector.

—La comida del loro catalanufo —respondió ella—. Es pastanaga,[9] muy buena para la vista. ¿Quiere una?

El inspector meneó la cabeza. Luego dijo:

—No intentes hacerme otra jugarreta. No te valdría de nada.

—De verdad que no lo volveré a hacer.

—Está bien. ¿Y ahora qué?

Ella iba pensativa, la cabeza gacha. «¿Sabe cómo se llama el lorito? Patufet.[10] ¿Eso no está medio prohibido?» El inspector no dijo nada. Rosita cambió la capilla de cadera y él percibió el efluvio de los desteñidos sobacos, una mezcla agria de jabón de fregadero y sudor.

—Oiga —dijo Rosita con la voz deprimida—, cuando uno muere así, solo, y nadie lo reclama, y no se sabe quién es, ¿dónde lo entierran?

---

9. Catalanismo por *zanahoria*.　10. *Patufet* podría traducirse por 'niño pequeño', y fue el título de una célebre revista infantil catalana fundada en 1904 por Aureli Capmany. En su época de mayor prestigio, a partir de 1908, la dirigió Josep Maria Folch i Torres y colaboraron en ella prestigiosos dibujantes. La importancia de este semanario se debe, ante todo, a que durante dos décadas los niños aprendieron a leer en catalán en sus páginas. Tras desaparecer en 1938 volvió a publicarse en 1968. Recuérdese que de este loro se nos ha dicho antes que «reza el rosario en catalán».

–En Montjuich,[11] en la fosa común. Te he preguntado qué hacemos. ¿Tienes más trabajo?

–¡¿Qué si tengo?! Para matar a un caballo –suspiró–. Agotaíta estoy sólo de pensarlo.

–¿Entonces qué?

–Primero dejaremos la capilla en casa de la señora Espuny, será lo mejor –la zanahoria crujía entre sus dientes como un cristal–. Le toca los miércoles, pero no le importará que adelantemos un día. Porque si no, ¿qué hacemos con la Virgen a cuestas toda la santa tarde? Usted no querrá que vayamos a ver al muerto con la Moreneta,[12] ¿verdad? ¿Está enfadado conmigo, inspector?

El inspector caminaba balanceándose un poco y con la cabeza levemente echada hacia atrás, los ojos entornados. No atendía pero era consciente de la mirada torva y otra vez estrábica de la niña; un modo de mirar, a ratos, que percibía a su vera como un silbido de serpiente. «No si te portas bien», dijo.

Escuchó sus explicaciones acerca de la capilla y la Congregación del *Virolai Vivent* fundada por la directora y las beatas de Las Ánimas; siete feligresas ricas de la parroquia, una por cada día de la semana, hospedaban en su casa a la Virgen durante veinticuatro horas; ponían la capilla en el comedor o en la alcoba y rezaban y cantaban en catalán a su Moreneta y a su Montaña Santa con la familia reunida y como de amagatotis, con miedo y hasta llorando de emoción, ella lo había visto.[13] Le mostró al inspector la ranura en

11. Se refiere al principal cementerio de Barcelona, situado en la falda de la montaña del mismo nombre, al sur de la ciudad y ante la costa. 12. *la Moreneta*: la Virgen de Montserrat, llamada popularmente *Moreneta* ('morenita') por ser una talla de color negro. 13. La *Montaña Santa* es Montserrat, donde se encuentra el monasterio benedictino en el que se venera a la patrona de Cataluña, desde que en 1881 el Papa León XIII le otorgara dicho reconocimiento. Desde entonces, Montserrat aglutina los ideales religiosos y patrióticos de algunos catalanes; *de amagatotis*: 'a escondidas, 'a hurtadillas'. «Vio por casualidad esa foto en la portada de la revista ... y la arrancó, la metió en el bolso de amagatotis y se la llevó a casa» (*Rabos de lagartija*, p. 136).

la capilla, como en las guardiolas,[14] y el cajoncito cerrado con llave, que guardaba la directora; allí las congregantas y sus amistades depositaban centimitos y sentimientos, oraciones y calderilla para las huerfanitas, la voluntad.[15]

El inspector se dio cuenta que se dejaba llevar otra vez. Las manos cruzadas a la espalda, caminaba despacio junto a la niña y su parloteo melifluo, acorde con esta ronda soleada y sus meandros y con la tarde que empezaba a teñirse de rosa, como si regresaran los dos de un tranquilo paseo por el parque Güell.[16]

–Gente del puño –decía Rosita, y precisó–: quiero decir por lo agarrada, no por lo otro... Aunque no crea, hay semanas que nos sacamos hasta quince pesetas.

–Sé muy bien quiénes son –el inspector sopesó su vieja y mermada intolerancia–. Habría que dinamitar esa montaña.

–¡Ande ya! Es usted más tonto que un repollo...

–¿Falta mucho?

–Con lo bonita que es para ir de excursión. Una vez fuimos con las catequistas y había mucha niebla y entremedio rayos de sol, era fantástico, y conocimos a un chico rubio y guapísimo que acababa de escalar el pico más alto. Y cortamos brazadas de ginesta así de grandes...[17]

–Digo que si falta mucho.

Rosita se paró.

14. 'en las huchas'; es catalanismo.   15. *centimitos y sentimientos*: calderilla y catolicismo nacionalista; en catalán, ambas palabras –*centimets* y *sentiments*– suenan casi igual. En una entrevista contemporánea a *Ronda del Guinardó* (*Avui*, 27 de julio de 1984) comentaba el autor, con ironía, que estaba preparando una novela en catalán que quizá se titulase *Sentiments i centimets*. En *El amante bilingüe*, Juan Marés compra «una novela en catalán titulada *Sentiments i centimets*» (p. 120). Y con esas mismas palabras concluye el retrato que el autor le dedica a Jordi Pujol en *Señoras y señores* (Tusquets, p. 54).   16. La construcción a partir de 1900 de esta novedosa ciudad-jardín en lo que era la Montaña Pelada de Gracia fue un encargo del industrial y mecenas Eusebi Güell al arquitecto Antoni Gaudí. La escasa venta de las parcelas hizo que en 1914 se diera el proyecto por fracasado. En 1922 lo adquirió el Ayuntamiento de Barcelona, que lo convirtió en un parque público. Sobre la transformación de su entorno puede verse el arranque de *Últimas tardes con Teresa*.   17. *ginesta*: 'retama'.

—Tenga un momento, haga el favor —el inspector le sostuvo la capilla mientras ella tironeaba sus calcetines a la pata coja, y notó el vaho caliente de sus cabellos prietos, un suave olor a vinagre—. Cruzaremos el Valle de la Muerte y llegaremos antes.[18]

Recuperó la capilla y siguieron andando. Luego preguntó:

—¿Y allí nos espera alguien, inspector?

Él la miró de reojo esbozando algo parecido a una sonrisa.

—El muerto.

—Oiga, esto no tiene gracia. Digo alguien que le pueda reñir a usted por llegar tarde. Un superior.

El inspector meneó la cabeza.

—No lo sé.

Iban por una acera desventrada que olía a mierda de gato. Debajo de los viejos balcones florecía una lepra herrumbrosa y hacían nido las golondrinas. Algunos zaguanes profundos y oscuros exhalaban un tufo perdulario, a dormida de vagabundos. Sentado en una esquina, un joven ciego estiraba el cuello voceando cupones con la mirada colgada en el vacío. Rosita giró a la izquierda y empezaron a cruzar la gran explanada roturada de senderillos entre suaves lomas de escombros y matorrales secos. Habían demolido el edificio en

---

18. *Valle de la Muerte*: así denominaban los chicos del barrio al descampado de la calle Cerdeña donde fue violada Rosita. Adoptaron esta denominación fascinados por la célebre película de Michael Curtiz. El topónimo proviene de lord Alfred Tennyson (1809-1892), poeta victoriano que dedicó unos encendidos versos a la célebre carga de los lanceros en la guerra de Crimea. En *Rabos de lagartija*, David y Paulino ven en el cine Delicias *La carga de la brigada ligera* (1936), interpretada por Errol Flyn, Olivia de Havilland y David Niven, en la que se cuentan los hechos que ocurrieron en «las colinas de Balaklava», a las que también se llamó Valle de la Muerte. Ahí, el Valle es también el campo de batalla francés donde fue derribado el Spitfire y apresado el piloto Bryan O'Flynn, teniente de la RAF. Así, podría decirse que el autor, al situar la violación de Rosita en el mismo lugar en que se produjero la carga de la brigada ligera y algunas de las batallas de la segunda guerra mundial, otorga al hecho una cierta entidad épica.

ruinas y sólo quedaba en pie un muro chamuscado por el humo de las fogatas.

Aquí fue, pensó el inspector, y miró a la niña que caminaba animosamente a su lado: volver al escenario de su desgracia no parecía afectarla lo más mínimo. «Por aquí se acorta la mar», dijo Rosita, «y además pasaremos por delante de la churrería.» Avanzaban por un erial y dejaron atrás dos altas palmeras y una higuera borde de tronco reseco tatuado con flechas y corazones.[19] Junto a la alambrada de espinos medio abatida, un vagabundo enfundado en un abrigo negro empujaba un desvencijado cochecito de niño. Más lejos, detrás del último terraplén y en la linde del descampado, la solitaria churrería de tablas grises se escoraba hacia poniente como por efecto de un vendaval. «¿Me convidará a churritos, inspector? Tengo hambre», dijo Rosita. Se cruzaron con un hombre presuroso que iba en pijama y zapatillas, con una sobada gabardina echada sobre los hombros y la cabeza de zepelín totalmente vendada; parecía escapado de una clínica y sobre la profusión de vendas mal fajadas llevaba gafas oscuras. «El Hombre Invisible», se rió Rosita, y vio que el inspector consultaba su reloj una vez más.

–Bien pensado, podría ahorrarse usted el paseíto –dijo–. También son ganas de caminar. ¿Por qué no me espera delante del metro, en el bar del Roxy?[20]

El inspector la miró de refilón con el ojo descreído.

–No te hagas ilusiones. No vas a librarte de mí.

–Si no es por eso. Si yo le agradezco la compañía –se colgó de su brazo y brincó cambiando el paso, acoplándolo al suyo. La calderilla tintineó en la hucha de la Virgen y en su mente–. Mal negocio haremos hoy. Pero el muerto es lo que me angustia. El muerto ese.

19. *higuera borde*: la que no da higos.   20. Este cine, entonces el más confortable del barrio de Gracia, ocupaba el número 4 de la plaza Lesseps. Con frecuencia se alude a él en la obra de Marsé, quien incluso le ha dedicado un cuento, «El fantasma del cine Roxy», que debe leerse como un homenaje al cine preferido por el autor.

Inclinado en el terraplén, el esqueleto oxidado de un camión militar hundía el morro en una charca reseca. En el costillar de la caja desfondada se cobijaban media docena de trinxas descalzos y de cabeza pelona esgrimiendo espadones de madera.[21] «Hasta aquí llegó la guerra», comentó la niña señalando el espectro carcomido del camión: «Dicen los chicos de por aquí que era ruso y que iba cargado de latas de carne y de cartucheras con balas. Y si les dices que no, que eso es un cuento chino que se han inventado, te acorralan y te atan al camión con una cuerda y te desnudan todo el rato con sus ojos cochinos...».

El inspector sonrió. Conocía el ritual colérico, el código de trolas infantiles que aún regía en esta calcinada tierra de nadie. Entre los hierros retorcidos de la cabina crecían cardos y ortigas. La pertinaz sequía,[22] que duraba ya meses, rajaba la tierra arcillosa y rojos brocados de polvo cubrían rastrojos y desperdicios. Un paisaje podrido que fatigaba la imaginación. El inspector tuvo la extraña sensación de partirse en dos, como cuando el gélido testículo se le disparaba vientre arriba hasta alojarse en su estómago artificial, supuestamente de hierro; la mitad jubilada de su cuerpo iba del bracete con esta niña solitaria y embaucadora y la otra mitad yacía en alguna parte con el caramelo letal incrustado en la

21. *trinxas*: 'golfos' (catalanismo, apócope de *trinxeraire*), niños desharrapados que vagabundeaban por las calles, aficionados a cabalgar todos juntos, agarrados por la cintura, sobre el Dragón de cerámica del Parque Güell, descalzos y lanzando gritos de guerra; a deambular por los terrados del barrio como gatos tiñosos y famélicos; a deslizarse por las calles pendientes con sus carritos de cojinetes con bolas, y a las guerras con piedras. Un buen ejemplo de ellos son los miembros de la pandilla de Java y Sarnita en *Si te dicen que caí*. El apelativo suele usarlo el autor como sinónimo de *kabileño*. En *Si te dicen que caí*, Juanita los llama «*Trinxes*. Kabileños estropajosos. Indecentes gorrinos». Y Java, ante la acusación del tuerto, se defiende: «¿*Trinxas*, salvajes, degenerados nosotros, camarada imperial? ¿La peste del Guinardó, incontrolados, sin colegio, merecedores del Asilo Durán y del látigo, golfos sin entrañas y con navaja?» (pp. 41, 117 y 232). Véase también *La gran desilusión* (p. 168). 22. Ironía con la expresión que Francisco Franco utilizó tan a menudo para explicar el escaso desarrollo agrícola del país.

sien... Se paró en seco y Rosita aprovechó para cambiar la capilla de cadera y ponerse al otro lado.

—¿Qué le pasa, está cansado? ¿Otra vez la pata?

—No.

—¿Tiene hambre?

—No.

Merodeaba en torno a la churrería un gato famélico. Rosita se acuclilló y le habló. El inspector compró churros. «Con mucho azúcar», dijo ella. Él no los probó. Cargó con la capilla un trecho, por calles sin asfaltar, solitarias y umbrosas, mientras ella daba buena cuenta de los churros.

—Me acuerdo aquella vez que fui a limpiar a su casa de usted, antes de que se llevara a la Pili —dijo Rosita. Sacaba los ·churros del cucurucho con sumo cuidado para no despojarlos del azúcar—. Había un gato negro que dormía en la alfombra del dormitorio. Y en la mesita de noche su señora tenía revistas de labores y una rosa blanca en una copa muy alta. Y una foto de novios de usted y la señora Merche en un marco de plata muy bonito, juntando las mejillas. Era un pisito de ensueño... Ya hemos llegado.

Se paró delante de una pequeña verja. Detrás había cuatro escalones en descenso forrados de hojas de eucalipto.

—Aquí sí que es buena gente —dijo la niña relamiéndose los dedos—. La señora Espuny es muy devota de la Moreneta; aunque no cree en los obispos ni el Papa y es muy criticona con las solemnidades de la parroquia. Dicen que su marido se fugó a Francia con un sacristán mariquita...

—Anda, no seas gansa —el inspector le devolvió la capilla—. Y no tardes.

—Yo que usted me daría una vuelta —Rosita empujó la verja sonriéndole por encima del hombro—. No me escaparé. Si quiere puede vigilarme paseando por la acera, me verá en el jardín con Arturito.[23] Es fatibomba y está un poco ido. Aho-

---

23. Los cuidados que Rosita presta a Arturito son similares a los que tiene la Fueguiña con el alférez Conrado, el inválido mirón de *Si te dicen que caí* (pp. 35 y 36), aunque la relación entre ellos sea muy distinta.

ra le ha dado por entretenerse con los bolillos, y vaya tostonazo me da el niño. Lo peor es cuando tengo que bañarle,
pesa como un elefante.

–Vete ya, cotorra.

La torre se asentaba un par de metros por debajo del ni-
vel de la calle y a lo largo de la acera corría un murete con reja
en puntas de lanza. El inspector veía el descuidado jardín y
al rollizo inválido enfundado en un albornoz blanco, sentado bajo el eucalipto y con las muletas en el suelo. El largo cojín acribillado de alfileres se apoyaba precariamente en el
tronco del árbol y en su regazo, y él inclinaba reverencial-
mente la avejentada cabeza sobre el encaje de nieve, con apli-
cación y esmero, pero los bolillos se le enredaban entre los
gordezuelos dedos y gemía de impaciencia.

El inspector se paseó arriba y abajo por la acera. Aullaba
un perro rabioso en su memoria y en este jardín. El joven
bobo tenía una cara gris y redonda de porcelana vieja con mi-
les de fisuras. Rosita sacudía alfombras en la galería con un
pañuelo verde atado a la cabeza, trajinaba cubos de agua que
vaciaba al pie de un laurel y de vez en cuando atendía al muchacho, embarullado con sus bolillos y alfileres. Al fondo del
jardín, en medio del estanque ruinoso y semioculto tras la
maraña de hiedra, se erguía una descalabrada reproducción
en miniatura de la montserratina montaña forrada de musgo
y cagadas de paloma. El singular ornamento mostraba un
completo abandono; desde la boca del surtidor, camuflado
en el pico más alto, se deslizaba por las laderas un agua ver-
dosa y pútrida.

El inspector se ausentó del mirador una sola vez para tomarse una cerveza en la taberna más próxima y orinar. En los
meandros más antiguos del barrio convalecían decrépitas villas herméticamente cerradas y flanqueadas de chabolas. Estampillado en las esquinas, el Peñón sangraba con el puñal
inglés clavado.

Al volver vio a Rosita sentada muy tiesa en la silla del muchacho, el cojín entre los muslos y los bolillos repicando en

sus manos rojas. A su espalda y de pie, apoyando codos y barriga en sus hombros, Arturito recibía la lección práctica dejándose resbalar un poco, como desfalleciendo. Se tambaleó el cojín y Rosita lo controló encajándolo mejor, abriéndose más de piernas y desatendiendo la falda. El gordo palmoteó riéndose. En alguna perrera no lejos de allí ladraba una jauría.

El inspector flexionó el hombro izquierdo para acomodar la funda sobaquera y sintió otra vez en la nuca la mirada picajosa de la señora: «Yo no sé nada. Registre la casa, si quiere», dijo sujetando todavía al perro, y él se volvió a mirarla junto al estanque: «Su marido es un renegado hijo de puta y un masón», repitió su misma voz de entonces.

El inspector se restregó el párpado tembloroso con la uña del pulgar. Un viejo pordiosero tambaleándose al borde de la acera, bajo los plátanos frondosos, se echó trabajosamente a la espalda un saco con ruido de quincalla; no se decidía a cruzar la calle, o no se atrevía. En el jardín, la dueña de la casa repitió con la voz quebrada, pero arrogante: «El meu marit és a l'exili».[24] El idiota jugaba debajo del laurel con estampitas y moneda en desuso. La señora sujetaba al pastor alemán por el collar, pero no hizo nada por acallar sus ladridos. «Haga el favor de decirle a su perro que me ladre en cristiano»,[25] bromeó el inspector, y pateó el hocico del animal. «No lo toque», respondió ella.

También recordaba que, después de registrar la torre, sólo encontró una docena de Boletines de Información del consulado inglés con noticias sobre el avance aliado en el sur de Italia.[26] «Acompáñeme a la comisaría, se va usted a enterar», le dijo.

24. 'Mi marido está en el exilio'. 25. Variante de la brutal increpación usada durante la postguerra –«hábleme en cristiano»– contra aquellos que utilizaban el catalán, a los que también se tachaba de perros. En unas páginas añadidas en la última versión de *El embrujo de Shanghai*, un individuo con aspecto de falangista le responde al capitán Blay, tras hablarle éste en catalán: «No entiendo el lenguaje de los perros, tú. A mí me hablas en cristiano» (p. 163). 26. Estos folletos no pasaban censura, por lo que eran una fuente fiable de información. El

El inspector volvió la espalda al jardín y al apagado fulgor de la tarde que se iba. Tenía las voces de ayer y la escandalosa perrera en la cabeza. A unos veinte metros, el mendigo parecía disponerse por fin a cruzar la calle solitaria; desde el bordillo tanteó el aire con la mano renegrida y empezó a desplomarse despacio con su ruido de latas y cacerolas a la espalda. Antes de dar en el arroyo, el inspector alcanzó a sujetarle por los sobacos. Una ráfaga de viento alborotó las hojas de los plátanos y trajo la risa espigada de Rosita. El inspector sintió que en torno suyo se rompían las costuras del día.

consulado inglés de Barcelona estaba en la calle Junqueras, 18. Como se cuenta en *Si te dicen que caí*, los boletines podían recogerse directamente allí, donde Palau presume de tener buenos amigos (pp. 88, 89 y 243); se alude también a ellos en *Rabos de lagartija* (p. 173). La consulta o posesión de tales boletines suponía simpatía por los aliados y escasa fidelidad al Régimen. Durante las primeras décadas del franquismo, algunos diplomáticos extranjeros destinados en España apoyaron de este y otros modos actividades políticas y culturales que el gobierno no permitía.

6

Volvió a él cansinamente, la capilla en la cadera y pelando una mandarina.

—Aquí me tiene —caminó a su lado sin mirarle—. ¿Se ha aburrido mucho?

El inspector consultó su reloj. «Un viejo se desmayó en la calle y lo llevé al bar», dijo. Rosita miraba con fatiga los jardines solitarios y descuidados tras la reja interminable. Florecían los rosales entre las lanzas herrumbrosas.

—¿Ha visto a Arturito, qué fati? Es un niño fenómeno. Si lo viera usted cuando lo enjabono. Flota en la bañera.

Sus ojos interrogaban el aire remansado bajo los tilos sombríos, las pérgolas arruinadas y los torcidos columpios sin niños. Traía los dedos baldados, las rodillas como ascuas. De vez en cuando agitaba los codos aireándose los sobacos festoneados con la pálida media luna de sudor.

—¿Cómo puedes manejarlo? —dijo el inspector.

—Aquí donde me ve, tan esmirriada, soy muy fuerte. Le doy polvos de talco y lo hago rodar sobre la cama como un barrilito... Este jardín lleno de lilas me enamora.

Se veía yendo y viniendo en el aire con sus largas trenzas flotando y su querida rebeca de angorina azul: «Un día entré a columpiarme un rato».[1] Se preguntó por qué el inspector no le metía bulla. Desgajó la mandarina y comía deprisa. Olía los gajos antes de metérselos en la boca.

—No me digas que este trabajo te gusta.

—¿Y a quién le gusta su trabajo? ¿A usted le gusta el suyo?

El inspector guardó silencio y Rosita añadió:

---

1. Para Rosita, la imagen idílica de la infancia consiste en un jardín de lilas en el que ella se columpia mientras lleva puesta una rebeca de angorina azul. En *Rabos de lagartija*, cuando David se disfraza de niña se pone un jersey de angorina rosa (pp. 19, 23 y 37).

–Tengo que pedirle un último favor.

–Por hoy ya está bien. Te has ganado el jornal, de verdad –miró la capilla en su cadera–. ¿Todavía con eso? ¿No ibas a dejarlo?

Rosita suspiró.

–La señora Espuny dice que no; que su día es mañana y quiere a la Virgen mañana. Probaré a dejársela[2] a la señora Guardans, que le toca el jueves. Vive por Can Baró.[3] ¿Le importa que pasemos un momento por su casa?

–Esto va a ser el cuento de nunca acabar.

–Diez minutos, va. Y me salto dos faenas por ir con usted, no crea.

Restregó los dedos en sus cabellos y dijo: «Mecachis, es que pesa como el plomo esta Moreneta, en algún sitio hemos de dejarla... ¿No cree?». Hurgó en el capacho y cayó al suelo un billete azul y lila de quinientas pesetas. Se agachó a cogerlo, lo juntó con otro de mil y los dobló cuidadosamente.

–¿Quién te dio eso? –preguntó el inspector.

–Arturito.

–¿Y para qué los quieres? No valen para nada.

–Hago colección.[4] Algún día pueden valer otra vez, nunca se sabe.

Guardó los billetes en el capacho, descabalgó la capilla de su cadera izquierda y la pasó a su derecha. «Y aunque sea dinero rojo no está prohibido hacer colección, ¿sabe?» Al poco rato añadió:

–Podríamos ir por el Camino de la Legua.[5]

Volvían a remontar Cerdeña por la acera más viable y vieron salir de un portal a una monja limosnera bajita y muy anciana. Rosita la conocía y corrió a besarle la mano; le enseñó

---

2. *Probaré a dejársela*: del catalán *provaré de deixar-se-la*, 'intentaré dejársela'. 3. El nombre de esta modesta barriada proviene del siglo XVIII, cuando el propietario de los terrenos, Josep Pascual de Pascali i Santpere, fue nombrado barón de San Luis.   4. Catalanismo –*faig col.lecció*– por 'los colecciono'.   5. Es un topónimo que ya no existe. El viejo camino transcurría entre el Parque de las Aguas y la sede actual del distrito de Horta-Guinardó.

la Virgen abriendo las puertas de la capilla y charlaron muy animadas. El inspector siguió un trecho solo y luego se volvió a mirarlas y esperó. Sonriendo y bisbiseando, la monjita depositó unas monedas en la hucha de la capilla. Entonces, surgiendo de la esquina, se acercó a ellas el paseante accidentado, alto y flaco, con vendajos en la cabeza y la gabardina sobre el pijama, y se inclinó hasta casi tocar el suelo besando la mano de la monja; acarició luego la mejilla de la niña y farfullando zalamerías a través de la venda introdujo en la ranura de la capilla lo que parecía una mugrienta peseta de papel plegada varias veces y reducida al tamaño de un sello de correos. Repitió el besamanos con respetuosa humildad y se fue por donde había venido. Poco después, Rosita se despidió de la monja y alcanzó al inspector.

–Es la madre Asunción, del convento de las Darderas –dijo–.[6] ¡Es de buena! Siempre nos da algo, además de consejos.

–¿Y este chalado?

Rosita se rió.

–No sé, un devoto espontáneo. Hay mucha gente devota de la Moreneta. ¿Ha visto qué díver, ha visto cómo va vestido? Dice que lo atropelló un tranvía, que está en la clínica y que ha salido a pasear. No sé si me ha echado una pela o una estampita. Los hay que sólo dan estampitas.

El inspector reconoció al niño que corría calle abajo por la otra acera como si lo llevara el diablo; corría a tal velocidad que el aire inflaba su larga y desastrada americana negra y parecía que iba a arrebatársela del torso escuálido y lampiño; las mangas flotaban vacías a su espalda y batían al viento como crespones negros. «Ahí va Matías», dijo Rosita, «ya habrá hecho alguna de las suyas.» Antes de remontar el último trecho empinado de la calle, giraron a la derecha por un callejón de tierra blanquecina y ondulada como una tabla de lavar.

---

6. Estas monjas, cuyo convento estaba en la calle Sors, cuidaban enfermos en sus casas. Se alude también a ellas en *Un día volveré* (p. 103).

—Pues así como está, sin remos, que dice él —añadió Rosita—, debería usted verle tocando la armónica. La sujeta con los dientes. Lo malo es que es tan pequeñita, que un día se la va a tragar.

—Este chico debería estar en la escuela.

—¿Y qué iba a hacer en la escuela sin poder manejar el lápiz ni el pizarrín? ¿Y qué mano pondría para recibir las palmetadas del maestro? —inquirió Rosita muy sorprendida—. Sus hermanos tampoco van a la escuela. Los domingos, en la escalinata de Las Ánimas, a la salida de misa —le explicó al inspector colgándose de su brazo—, los hermanos Jara piden limosna a las señoras y cantan acompañándose con la armónica. El *Trío Clavagueras*, los llaman.[7] Se inventan canciones de pedir y tienen un repertorio muy bonito; hay una que es de morirse de risa, pero ésa no la cantan a la puerta de la iglesia porque es una cochinada.

Se mordió el labio desenfadado y prosiguió:

—Una que dice... ¿quiere oírla? Huy, me da vergüenza.

—¿Vergüenza tú?

La niña se soltó de su brazo y caminó de espaldas, desafiándole con la sonrisa torcida. Tendió la mano mendicante frente al inspector y entonó bajito, la voz purulenta:

> *Caritat, caritat, senyora;*
> *caritat pel meu germà*
> *que va néixer sense braços*
> *i no se la pot pelar.*[8]

---

7. *Trío Clavagueras*: en catalán, *claveguera* significa 'alcantarilla'. El nombre del grupo evoca el del mexicano Trío Calaveras, cuyas canciones («Malagueña», «Plegaria guadalupana») estuvieron de moda en España durante esos años. La denominación de *calavera* se convirtió en expresión habitual para designar a personas de vida disipada y poco recomendable, y en este mismo sentido se sigue utilizando.   8. 'Caridad, caridad, señora;/ para mi hermano caridad,/ que nació sin brazos/ y no se la puede menear». En *Encerrados con un solo juguete* (p. 54) un grupo de jóvenes canta a las chicas (con leves variantes) esta misma canción para asustarlas.

En su boca grande plagada de calenturas del sur, el idioma catalán era un erizo. El inspector le afeó el lenguaje procaz.

—A ver si te doy un bofetón, a ver.

—Cantan a dos voces y sin desafinar. La mar de bien. Ahora que a mí, la que me gusta es *Perfidia*.[9] ¡Es tan romántica! Venía en un cancionero que usted nos regaló por Navidad, ¿se acuerda?

—No.

El Camino de la Legua serpenteaba entre altas tapias semiderruidas a lo largo de más de un kilómetro, hasta alcanzar la falda del Guinardó orlada con volantes verdes de pitas y chumberas y franjas de tierra caliza. A sus espaldas, la ciudad se apretujaba hacia el mar bajo una lámina rosada y gris. Rosita divagaba en torno al futuro musical del *Trío Clavagueras*; si supieran solfeo podrían ganar concursos en la radio y se harían famosos y ya no tendrían que andar por ahí con el saco a la espalda acorralando gatos y escarbando basuras.[10]

—Cazan gatos y palomas —añadió—. Los gatos los desuellan y los venden como conejos.[11] Hay gente que está ciega, ¿no cree?

El inspector se encogió de hombros. Había visto mucha basura en esta vida y a mucha gente que no quería verla.

9. *Fox-trot* de Alberto Domínguez popularizado en aquellos años por Rafael Medina. En *Si te dicen que caí* se dice que las huérfanas de la Casa de Familia «se saben *Bésame mucho* y *Perfidia* de memoria» (p. 175); en *El amante bilingüe* esta misma canción suena en varias ocasiones (pp. 41, 53 y 55). 10. Triunfar en los concursos radiofónicos constituía entonces —en una época en que la radio y el cine eran los entretenimientos populares por excelencia— una manera rápida de obtener fama y salir de la miseria reinante. En *Un día volveré* Jan Julivert recuerda a la Balbina joven, cuando su ilusión consistía en «ser vocalista y triunfar en concursos de radio» (p. 53). Sobre la popularidad de estos programas radiofónicos (como «Cabalgata Fin de Semana», conducido por el chileno Bobby Deglané, «Lo toma o lo deja» o «Doble o nada») puede verse la película *Historias de la radio* (1955), de José Luis Sáenz de Heredia. 11. La misma actividad se cuenta en *Rabos de lagartija*: «Conozco un chaval del Carmelo que caza gatos, los ahorca y los vende como conejos» (p. 143).

—¿Y las palomas? —preguntó.

—Se las comen en casa. Me han regalado alguna... El sereno de mi calle, el señor Benito, me las compra. Pero las quiere con balines y calentitas, si no nada. Sabe mucho de palomas. Rasca la cera del pico y conoce si ha muerto hace días.

De los tres hermanos, el más cariñoso con ella era Matías, el niño sin manos. «Dice que siempre sueña que está delante de un espejo poniéndose una corbata y que el nudo le sale tan bien.» Tenía ese chico una manera de mirarla que era como si la tocara. Y más que eso: un día que lo tenía a su espalda, en casa de la *Betibú*, sintió que le pellizcaba el pompis.[12] Incluso lejos de él, en la Casa y de noche, acostada en el camastro con Lucía y las dos sin poder dormir, alguna vez había notado las manitas muertas de Matías reptando por su entrepierna. Su compañera de cama se estremecía de miedo y las dos se abrazaban pataleando. Ciertamente habían sido manos tiñosas y furtivas como ratas de cloaca, y el niño nunca las usó para nada bueno. Y ahora que ya no las tenía, se las reinventaba, limpias y calientes en el espejo del sueño, acariciando la corbata o la armónica, quizá reviviendo aquel fatídico instante en que se disponía a birlar el pisapapeles del escritorio del fiscal Vallverdú, segundos antes de la terrible explosión...[13] Rosita remató sus fantasías con la guinda del

12. 'el culo'; es eufemismo.   13. El apellido se toma del poeta social catalán y asesor lingüístico de la Corporación Catalana de Radio y Televisión Francesc Vallverdú. El caso es que unas declaraciones suyas –«debería hacerse un esfuerzo en la elección de los invitados en los magazines de TV3» para evitar la proliferación de los castellanohablantes– indignaron a Marsé (véase *Un paseo por las estrellas*, p. 126). En «Noches de Bocacio», el narrador se refiere a él como «el quisquilloso y avispado erudito y sociolingüista Francesc Vallverdú, periscopio siempre arriba salvaguardando las contaminadas costas de la prosa catalana traicionada» (p. 183). En *El amante bilingüe*, donde más protagonismo se le concede (pp. 29, 31, 32 y 205-207), aparece ridiculizado a través del sociolingüista independentista Jordi Valls Verdú, jefe y amante de Norma, «peligroso activista cultural» con un puesto de responsabilidad en el Plan de Normalización Lingüística de Cataluña (pp. 29,31,32 y 205-207). En una entrevista, Manuel Vázquez Montalbán le preguntó a Marsé por qué se

rumor que en su día estremeció al barrio: las manos de Matías salieron volando por la ventana del despacho, cruzaron la calle la una en pos de la otra, como dos pájaros rojos persiguiéndose, y fueron a dar en el trasero de doña Conxa parada frente a la panadería.

El inspector se acordaba del suceso, pero no hizo ningún comentario. El chaval era un ratero y se buscó su propia ruina.

—La culpa fue del señor Vallverdú por usar una granada como pisapapeles —prosiguió Rosita—. Por muy recuerdo del frente que fuera, vaya. ¿A quién se le ocurre tener una bomba en la mesa del despacho? Esto sí que deberían ustedes prohibirlo. ¿No le parece?

El ilustre letrado siempre creyó que estaba desactivada, pensó el inspector. Menudo imbécil. Pero tampoco esta vez dijo nada. Su mirada errática se descolgó por la colina polvorienta siguiendo a un niño que se deslizaba taciturno sobre el culo, jugando solo.

—¿Qué le pasa? ¿No tiene ganas de hablar? —dijo Rosita—. Le estoy retrasando mucho y lo van a reñir por mi culpa... De verdad que lo siento. ¿Es muy tarde? ¿En qué piensa?

—No hagas tantas preguntas y camina.

Pensaba en este faenar ambulante y rutinario de la niña, en su maraña de presuntas obligaciones ineludibles, tretas y embustes destinados a retrasar la cita con el muerto.

—No es usted muy hablador —dijo Rosita.

—Es que me estás atabalando, niña.[14] Pero te diré una cosa. Este trabajo no te conviene.

—¡Pues claro! ¡Qué bien! ¿Y sabe usted de otro mejor?

—Deberías dejarlo, te lo dije antes.

—¡Mira qué listo el señor! ¿Y usted por qué no deja el suyo?

metía con Vallverdú, camarada de partido, a lo que el escritor respondió: «Me tocó los cojones lingüísticos». 14. 'Es que me estás mareando, aturdiendo', del catalán *atabalant*.

–Hablaré con mi cuñada. Y no me atabales más.

–¿Ah no? Entonces me callo.

Dejaron atrás el viejo depósito de aguas y el cuartelillo de la Guardia Civil,[15] luego el canódromo abandonado donde crecía una hierba alta y lustrosa peinada hacia el mar. La terraza de baile Mas Guinardó estaba desierta y las sillas de tijera plegadas y arrimadas a los cañizos.[16] Flotaba en el aire perfumado un tráfago de toronjil y ginesta.[17] Rosita acusaba el cansancio: «Luego cogemos un taxi, si usted quiere», propuso con desgana, aunque no le gustaba ir en taxi. «Me mareo. Es ese olor a cuero de los asientos», dijo, «como una catipén de culo de vieja, a que sí.[18] Yo he tenido que lavar y acostar durante meses y meses a una abuela paralítica y sé lo que me digo. La señora Altisent olía a taxi, la pobre.»

Pasaron junto a las instalaciones deportivas del Frente de Juventudes con su chirrido de grillos y después del último repecho cruzaron la Avenida.[19] El inspector jadeaba al llegar a lo alto. «Aquí es», dijo Rosita.

Era una torre gris en un jardín suspendido sobre la calle,

---

15. El *depósito de aguas* estaba situado en el llamado Camino de las Aguas. 16. La mencionada *terraza de baile* formaba parte de las instalaciones deportivas del Frente de Juventudes, del que se hablará poco más abajo. 17. *toronjil*: 'melisa', planta olorosa frecuente en España que se emplea como antiespasmódico. 18. *catipén*: 'mal olor, peste'; es catalanismo (*catipent*). «La suave catipén del camisón de la abuela ... el olor rancio de sus cabellos amarillentos y de su piel ajada» (*Rabos de lagartija*, p. 109). 19. Las *instalaciones deportivas del Frente de Juventudes* fueron construidas para la Olimpiada Popular de Barcelona, promovida por colectivos sionistas, socialistas y comunistas como alternativa democrática a la de Berlín de 1936, en la que no había querido participar la República española. El estallido de la guerra civil impidió su celebración, ya que estaba prevista su inauguración el 19 de julio. Tras la contienda, las instalaciones pasaron a depender de Falange. Entonces, todos los jóvenes españoles tenían que formar parte del Frente de Juventudes, organismo creado en 1940, con el objetivo de difundir las ideas falangistas; en 1941 sus afiliados eran casi un millón, entre los siete y los dieciocho años. Por un decreto de 1941 se creó la Delegación Nacional de Deportes de Falange Tradicionalista y de las JONS, con lo que se encomendaba a Falange la dirección y fomento del deporte español; de ahí que dispusieran de instalaciones deportivas.

tras un grueso muro de contención coronado de mimosas y laureles. Entre las desmochadas palomas de piedra arenisca que adornaban la cornisa, el inspector distinguió una paloma de verdad camuflada. Rosita tiró insistentemente de la cadena haciendo sonar la campanilla.

–Qué lata. No hay nadie.

Depositó la capilla en el suelo y recostó la espalda en la verja, suspirando.

–Y ahora qué –gruñó el inspector.

Sintió planear sobre su cabeza una pesadumbre alada y observó los árboles oscurecidos por encima del muro. La noche estaba al caer. Grabado en la piedra se leía: *Villa Assumpta.*

–¿Quién vive aquí? –dijo el inspector–. Vaya nombrecito. ¿También son de la *ceba?*

Rosita se encogió de hombros: «A mí que me registren». El inspector reflexionó. Cogió la capilla y la mantuvo bocabajo, sacó del bolsillo una navajita y con la hoja hurgó en la ranura del cajón. Rosita lo miró sorprendida:

–¡¿Qué hace?! ¡Eso está muy feo!

–¿De veras? ¿Tú no lo has hecho nunca?

Flotaba una sonrisa traviesa en su prieta boca de rana, la punta de la lengua porfiando en las comisuras. Hizo saltar de la hucha cuatro estampitas dobladas, evitando la calderilla; las desdobló, examinándolas. Eran de santos y en el reverso había anotaciones a lápiz: *Vale por 1 pta. hasta la semana que viene,* y la firma. Algunas llevaban también oraciones y versos en catalán, estrofas de la *Santa Espina* y de canciones patrióticas.[20] La

20. La *Santa Espina* es una sardana coral convertida en himno nacionalista que la dictadura de Primo de Rivera, en 1924, y el régimen franquista prohibieron. La música es de Enric Morera (1865-1942) y la letra del dramaturgo Àngel Guimerà (1845-1924). Empieza la letra con un estribillo que dice: «Som i serem gent catalana / tant si es vol com si no es vol, / que no hi ha terra més ufana / sota la capa del sol» ('Somos y seremos catalanes,/ se quiera o no,/ que no hay tierra más ufana/ bajo la capa del sol'). En *El amante bilingüe,* Juan Marés la toca en la calle con un acordeón (p. 173).

estampita de San Antonio M.ª Claret estaba mugrienta y decía:[21]

8 SOMISEREM 8.

–¿Qué coño significa esto?[22]

La mostró a Rosita, que se encogió de hombros.

–No sé. ¿Una dirección?

El inspector meneó la cabeza pensativamente. Guardó la estampita en el bolsillo e introdujo las demás en la ranura de la capilla. «Estos cabrones beatos del Virolai», dijo con desdeñosa ironía: «Intercambian versitos y sardanas y juegan a conspiradores. Borricos». Tal vez convendría hacerles una visita, pensó.

Rosita lo miraba apoyando el mentón en la rodilla alzada, estirándose el calcetín.

–Esto que acaba de hacer no está bien y tendré que decírselo a la directora.

–Conforme. Ahora vámonos.

Le dio la capilla, pero ella no parecía tener prisa; la dejó en el suelo otra vez y se arregló el pelo.

–Y no llevaré a la Virgen a ver al muerto. Eso ni lo piense.

–¿No tienes otra casa donde dejarla, por aquí cerca?

–Sí, pero tendría que quedarme –miró con recelo al inspector, bajó la vista y añadió–. Y si la directora se entera me mata. Nadie sabe que voy a fregar a esta casa, y que lo hago sin cobrar... por hacerle un favor a una viuda anciana. Tiene

---

21. *San Antonio M.ª Claret* (1808-1870) fue el fundador de la orden de los Misioneros Hijos del Corazón Inmaculado de María y Religiosas de María Inmaculada, arzobispo de Santiago de Cuba y confesor de Isabel II. El popularmente llamado Padre Claret fue canonizado en 1950.   22. Este enigmático mensaje cifrado tiene su origen en la letra de «La Santa Espina». En «8 som i serem 8», una de las entregas de *Colección particular* (*El País*, 12 de marzo de 1989), el capitán Blay se lo explica al narrador y coprotagonista del relato: «Como toda buena contraseña, no quiere decir nada, muchacho. Es el sinsentido del sentido. Las personas que dan cobijo a la Moreneta son siete, una por cada día de la semana, pero yo he lanzado la contraseña que incluye a uno más, porque con tu padre *8 somos y seremos 8*».

una tabernita, y desde que murió su hijo no puede con todo. Y su nieto trabaja fuera... Es una obra de caridad.

El inspector captó un arrebol en sus mejillas.

—¿Una taberna? —intentó leer en sus ojos esquivos—. Pero no atiendes el mostrador, supongo. No tienes la edad.

Ella negó con la cabeza y se quedó pensando.

—Bueno, podría acercarme un momento... Pero es mejor que usted no me acompañe. A la abuela no le gustaría verle por allí, y menos a esta hora.

El inspector la miraba inquisitivamente.

—¿Estás hablando de la vieja Maya y de su jodida barraca, debajo del Cottolengo? —sonrió con desgana.

—No es una barraca. Es un chiringuito muy limpio y muy apañado...

—No me digas que la ayudas a tostar café. Eso es ilegal.

Rosita pataleó, furiosa.

—¡¿De qué me habla?! Vámonos ya, ¿no tenía usted tanta urgencia?

—Quedamos en que lo primero es tu trabajo.

El caso es que ahora se sentía bien, vacío, un poco más soñoliento de lo habitual y arropado por una tarde perdida y ganada gracias a las artimañas de esta mocosa con calcetines. Observó al otro lado de la Avenida a una vieja enlutada que corría jovialmente con un saco en la cadera y una joroba que parecía postiza. Más lejos, una polvareda rojiza flotaba sobre las casuchas de tablas y latas. Por primera vez en mucho tiempo, el inspector moduló la voz con una afable y lenta pastosidad:

—Esa bruja, la Maya, tenía un tostadero clandestino en el huerto, detrás de su taberna. Recuerdo que en verano íbamos a tomar unos vinos, al salir de la comisaría, y el olor del torrefacto subía hasta el parque Güell... Si es por eso, puedes estar tranquila, nunca nos metimos con la vieja. No por su tostadero, vaya.

Rosita se agachó recuperando la capilla.

—Aun así, es mejor que usted no venga —echó a andar con

paso desvaído–. Puede esperarme en la plaza Sanllehy, sentadito en un banco.

–Aguarda. Dame eso.

El inspector cargó con la capilla y retuvo a Rosita cogiéndola de la mano, que ella convirtió súbitamente en un puño crispado. Se había vuelto tensando el cuerpo, expectante, las nalgas respingonas bajo el vuelo retardado de la leve falda, y miraba con espanto la fachada de la torre. Desde la cornisa más alta, una paloma caía al jardín en picado. El inspector notó en el puño hostil el sobresalto de la sangre.

–¡¿Ha visto?! –exclamó Rosita–. ¡Una paloma suicida! ¡¿No se ha fijado?!

–Era de piedra –dijo él–. Estas torres se caen de viejas.

Obreros en bicicleta sentados al desgaire en el sillín, el hatillo colgado en el manillar, se dejaban ir por la pendiente de la Avenida con un rumor de palillos en las ruedas. El inspector evocó una pandilla de muchachos de cabeza rapada en sus viejas bicis, años atrás, lanzados a tumba abierta por la Carretera del Carmelo con calaveras en el manillar.[23] Parados junto al bordillo, dos ciclistas mostraban su documentación a una pareja de grises. El puño caliente de la niña rabiaba en la mano del inspector. «No apriete, jolines», protestó Rosita.

El inspector la soltó. Caminaban deprisa. Si la verja estuviera abierta, pensaba ella, entraría a cogerla; no es de piedra, seguro.

–¿Usted no sabe que hay palomas que se suicidan, igual que las personas?

–No digas tonterías.

La capilla le oprimía la sobaquera y notaba las dentelladas en la axila. «Pues sí señor, es verdad, lo leí en un libro de

23. Los trinxas y kabileños solían llevar la *cabeza rapada* por la tiña. Es un motivo frecuente en todas aquellas obras del autor cuya acción transcurre durante los primeros años de la postguerra. Véase, por ejemplo, *Si te dicen que caí* (pp. 15, 33, 43, 49, 56, 126, 154, 208, 230, 250, 261 y 305). No en vano Jesús Fernández Santos tituló su mejor libro de cuentos *Cabeza rapada* (1958).

un misionero de la China», decía Rosita: «Son palomas ciegas que no encuentran agua ni comida y por eso acaban tocadas del ala, quiero decir que se vuelven majaretas. Y un mal día, ¡zas!, no tienen más que plegar las alas y dejarse caer. ¿No me cree?»

Agachó la cabeza y se encogió de hombros:

–Todo lo que digo le parece una trola. A que sí.

–Más o menos.

Iba mirando el suelo y muy pensativa, y luego añadió:

–Es que estoy acostumbrada a hablar sola desde niña.[24]

–Eso qué tiene que ver –gruñó el inspector.

Rosita sonrió aviesamente y afiló la voz, mirando al inspector de refilón:

–Soy una pobre huérfana que está sola en el mundo, señor.

El inspector chasqueó la lengua y durante mucho rato no volvió a hablar. Rosita añadió:

–Qué aburrido es usted, ondia. Qué tostonazo de tío.

Más adelante, Rosita comentó lo divertidos y deslenguados que eran los hermanos Jara. «Dicen cada cosa. ¿Usted sabe qué es una hipotenusa? ¿Y un cateto? ¿Y un cono, sabe qué es?»

El inspector resopló enarcando las cejas hirsutas y ella añadió.

–El cono es el conejito sin peluquín... Je je. ¿Lo entiende? A que es de mucha risa.

–A que te doy un sopapo.

–Usted perdone, usted perdone.

Pasaban frente a la iglesia de Cristo Rey y el inspector se paró trabando las piernas.[25] Rosita dijo:

–¿Y ahora qué le pasa? ¿Tiene ganas de hacer pis?

---

24. También David Bartra, el protagonista de *Rabos de lagartija*, tiene la costumbre de hablar solo (pp. 101, 103 y 166).   25. La *iglesia de Cristo Rey* estaba situada en la Avenida Virgen de Montserrat, junto a la plaza Sanllehy. En *Rabos de lagartija* (p. 82) se alude a esta parroquia del Guinardó en la que trabaja como fotógrafo el señor Marimón, de quien David es ayudante.

–No –trasladó la capilla al otro costado, flexionó el brazo y siguió andando–. ¿Y desde cuándo conoces tú a esa vieja estraperlista?

Conocía a la abuela Maya de cuando ponía inyecciones, dijo Rosita, de aquella vez que ella se clavó en la pierna un clavo roñoso del bastidor de un decorado, en Las Ánimas, durante el ensayo de la función; corriendo llamaron a la abuela para que le pusiera la inyección del tétanos. «De todas las casas donde voy a pencar, la suya es la única donde de verdad de verdad me necesitan. Además, resulta que somos parientes lejanos; dice que ella era prima segunda de mi abuelo, así que es tía-abuela mía, y su nieto y yo venimos a ser como primos, ¿no?[26] Llegaron a Barcelona hace treinta años por lo menos, y su hijo, el que murió, era limpiabotas... Dicen que murió en la cárcel.»

Alumbraban ya las farolas de la plazoleta central y aún había viejos platicando en las escaleras y en los bancos de piedra. Los gorriones alborotaban en la fronda de los plátanos buscando acomodo. Rosita bebió en la fuente y lanzó serpientes de agua con la palma de la mano salpicando los zapatos del inspector. Desde la ladera oriental del Carmelo llegaban ecos del griterío infantil, de petardos, toques de cornetín y trallazos como de cinturón. Por encima de la Montaña Pelada se balanceaban en el cielo cuatro quebrantadas cometas de fabricación casera, sombrías y grávidas, alineadas contra el resplandor del ocaso como estandartes guerreros.

Rosita indicó al inspector el banco de madera.

–Puede esperarme aquí y descabezar un sueñecito...

–Iré contigo.

–Que no puede ser, caray. ¿Qué pensará la abuela si me ve llegar con un policía?

–Nada. Ya te he dicho que me conoce.

<hr>

26. «Así es una huérfana, así son todas: unas niñas sin hogar y sin familia suspirando siempre por un hogar y una familia» (*Si te dicen que caí*, p. 186); en *La oscura historia de la prima Montse* también son primos y amantes Nuria y Paco Bodegas.

Lo invitaría a una copa de coñac, como hacía antes; en alguna ocasión incluso lo había obsequiado con una bolsita de café bien tostado. Rosita lo interrumpió nerviosa: «Usted cree que me quiero escapar de ver al muerto, pero le juro que no. Se lo juro», y se persignó trazando un furioso garabato. Prometía volver antes de media hora y dejarse llevar al Clínico, aunque allí le diera un patatús al ver al muerto; que seguro que le daba.

—Pero ahora déjeme ir sola —suplicó—. Por favor.

El inspector miró en torno suyo con creciente desasosiego. Se acercó al banco y Rosita lo siguió.

—Es que no me fío. Me has estado liando toda la tarde.

La niña lanzó un bufido y giró sobre los talones como una peonza. «No se me ponga cascarrabias otra vez, que le dejo plantado con su fiambre, ¿estamos?», dijo mirando al otro lado de la plaza. Había hombres charlando frente a la taberna de la esquina y entre ellos el inspector reconoció al carbonero de recta espalda y relamidos cabellos que horas antes estaba en la calle Laurel. Apoyaba un pie en la carretilla y liaba con parsimonia un cigarrillo.

—Muy bien —masculló Rosita dejándose caer sentada en el banco—. Pues se acabó. No vamos a ninguna parte.

Sacó del capacho el cuaderno de la Galería Dramática Salesiana y lo abrió de un manotazo:

—Estudiaré un rato mi papel, luego iré al ensayo y adiós muy buenas. Ya pueden irse a hacer gárgaras usted y el muerto.

El inspector puso la capilla sobre el banco y se sentó a su lado, encorvado y apoyando los codos en las rodillas. Ella se corrió hasta el extremo buscando la luz mortecina de la farola y simuló enfrascarse en el cuadernillo: «Podéis segar la flor de mi vida...». El inspector se convirtió en una sombra expectante bajo las ramas del cedro, agazapado al borde del banco como un corredor escéptico y gordo esperando la señal de salida. Rosita lo escrutaba con el rabillo del ojo, pero durante un buen rato él no habló ni cambió de postura.

Después el inspector dijo, sin la menor acritud:

—Qué manera de perder el tiempo.

—Podéis segar la flor de mi vida —leyó Rosita con la voz cremosa, y alzó los ojos memorizando— ...de mi vida, poderoso procónsul, pero jamás la de mi alma. Pero jamás la flor imparecedora de mi alma...

—Será imperecedera —gruñó el inspector.

—Esta palabra nunca me sale.

El inspector se deslizó sobre el banco acercándose a ella.

—Trae acá —le quitó el cuaderno—. A ver si te lo sabes de memoria.

—No necesito su ayuda para nada. Además, usted no entiende de eso.

En el banco de enfrente, un viejo escupía entre sus pies con reverencial lentitud, uncidas sobre el bastón las manos decrépitas. Hojeando el cuaderno, el inspector configuró a la niña mártir que se alza contra el procónsul Daciano, enemigo acérrimo de los cristianos. Eulalia lleva panes escondidos en el delantal para dárselos a los pobres y, al ser descubierta, los panes se convierten en rosas. Rosita dijo que esta escena ya se la sabía.

—El final del último acto sí que es difícil —añadió todavía enfurruñada—. Yo vivo en Sarriá, el barrio elegante, y mis papás son muy ricos. Me rebelo contra el imperio romano. Me estoy muriendo en la plaza del Padró amarrada a un poste, después del tormento, y, al soltar el último suspiro, me sale una paloma blanca de la boca.

—Veamos si te lo sabes bien. Yo te sigo.

—Si me equivoco, avise.

Rosita enderezó la espalda, moduló una impostura en la voz y el recitado alivió momentáneamente las calenturas de su boca. Antes de expirar, Eulalia evocaba todos sus martirios elevando los ojos al cielo: la habían azotado y desgarrado el cuerpo con garfios, habían quemado las plantas de sus pies en un brasero, habían puesto brasas sobre sus pechos y sal en sus heridas, la habían arrojado a un recipiente de cal viva...

El inspector la interrumpió:

–Deberías disimular ese acento andaluz. Pareces una santa Eulalia del Somorrostro.[27]

–¡Y usted es más soso que una calabaza!

La rociaron con aceite hirviendo, la hicieron rodar cuesta abajo dentro de un tonel lleno de vidrios, la encerraron en un corral plagado de pulgas furiosas y la pasearon desnuda por toda Barcelona en una carreta tirada por bueyes.

–Vaya.

–Y el hijo muy amado del procónsul Daciano –prosiguió ella– me ha querido enamorar para que reniegue del Dios cristiano, pero yo con mi fe la palma del martirio he ganado. Fin.

El inspector cerró el cuaderno y lo devolvió a Rosita con gesto displicente. El martirio de esta señorita de Sarriá le parecía idiota e improbable y la función muy poco apropiada para niñas. «Te lo sabes», dijo, «pero hablas como una furcia y no como una santa.» Cruzó las manos sobre la barriga y entornó los ojos.

–¡Y usted no tiene sensibilidad de poesía ni de ná! ¡Usted hoy se ha levantado de mala uva y con la idea malaje de llevarme a ver a un muerto...!

El inspector miraba escupir lentamente a los viejos en el umbral del sueño.

–Yo no quería llevarte a ningún lado, hija –dijo sosegadamente–. Yo hoy quería pegarme un caramelo en la cabeza.

–¡Pero qué rarito es usted, ondia!

–Está bien, vete –dijo de pronto–. Anda, vete. ¡Fuera!

---

27. *Somorrostro*: barrio gitano de Barcelona, junto a la playa de la Barceloneta. En 1948 Ángel Zúñiga lo describía así: «Casuchas que se llenan de agua en las noches de lluvia torrencial y que están a punto de desaparecer en cuanto soplan vientos de temporal». En 1966, con motivo de unas maniobras navales, Franco ordenó derruirlo. Allí nacieron –por ejemplo– las bailaoras flamencas Carmen Amaya y La Chunga. A la película *Los tarantos* (1962), de Francisco Rovira Beleta, que transcurre en este barrio, le dedica Marsé un comentario en *Momentos inolvidables del cine* (p. 138).

Rosita se levantó de un salto y cargó con la capilla. «No tardaré, de veras», dijo sin contener su alegría y echando a correr.

El inspector dejó caer los párpados de plomo, se recostó contra el respaldo y estiró las piernas. No estuvo al tanto cuando cerró la noche, cuando los viejos se levantaron del banco para retirarse a sus casas, no los vio orinar furtivamente entre las matas de adelfas, los bastones engarfiados al cuello y riéndose, achuchándose como niños. En cierto momento soñó que soñaba la proximidad burlona del carbonero errante; pasaba ante él envarado como un mequetrefe pirata negro, pañuelo tiznado en la frente y sonrisa de plata, empujando la carretilla y mirándole socarronamente por encima del hombro con sus amarillos ojos de mono...

Instintivamente tanteó la sobaquera bajo la americana y se incorporó mirando el reloj. ¿Las nueve y media? A pocos metros, un perro flaco y tiñoso arqueó el lomo vomitando sobre el polvo una plasta negra; la removió con la zarpa, la olfateó y se la volvió a comer. El inspector ladeó la cara y vio en el extremo del banco, a la luz cada vez más débil de la farola, las rodillas maduras de la niña. Resabios mentales del oficio, su olfato de viejo sabueso o simplemente el hábito de malpensar engarzaron en su conciencia aún embotada, una tras otra, fugaces visiones del esbelto cuello y su estigma sanguíneo, de los tobillos rasguñados y de la boca llagada.

Se fue con paso enérgico, los talones rebosantes de hormigueante gaseosa, espoleado por un presentimiento de ofuscación y desorden.

7

–Usted a despachar, abuela –dijo Rosita–. El bar es lo primero.

–Ahora no hay nadie –replicó la vieja Maya entrando en el cobertizo–. Tendrás hambre.

Dejó en el suelo el cubo de agua y la frazada y sacó del bolsillo del delantal un bocadillo de sardinas de lata que dio a la niña. Era una anciana menuda y fibrosa con la cara de bronce y la cabeza canosa. «¿Has ajustado bien el peso del azúcar?», preguntó examinando las pesas en el platillo de la balanza. La luz azulada del petromax emitía un silbido rencoroso.[1]

–Lo pesó Rafael –dijo Rosita.

Sin dejar de comer ni de darle a la manivela de la tostadora, Rosita empujó una tea con el pie arrimándola al fuego. Con la otra mano, la del bocadillo, remetió un mechón de cabellos bajo el pañuelo que le cubría la cabeza. Su rostro brillaba de sudor al resplandor de las llamas. La abuela salió del cobertizo llevándose las balanzas y volvió a cruzar el pequeño huerto de tierra negra y corrupta que apestaba la noche. La niña la vio rodear el bancal de lechugas y entrar en la cocina, en la trasera del chiringuito techado de uralita. La luz que salía de la puerta bañaba un cuadro de habas floridas donde revoloteaba una mariposa blanca.

Rosita cambió la manivela de mano y se subió las mangas del sucio guardapolvo. Detrás, al fondo del cobertizo, el carbonero volcó la carretilla y el saco. Abrió el saco, llenó un capazo de carbón y lo llevó junto al fuego. Rosita apoyó la mano en su hombro ofreciéndole el último bocado.

---

1. *petromax*: lámpara de petroleo de uso doméstico que funcionaba con gasolina o alcohol y proporcionaba una temblorosa luz azulada. Solía utilizarse por la escasez de gas y las restricciones de electricidad.

—Ya verás, primo —dijo amohinada—. Un día alguien se chivará, y verás la que nos monta la abuela.

—La clientela es de confianza —dijo él—. Yo me encargo.

Se puso en cuclillas y atizó el fuego con un palo. Tenía un vaso de vino en el suelo y bebió un sorbo. Ella no soltaba la manivela, encorvada y atenta a la esfera de hierro que daba vueltas y vueltas lamida por las llamas. Dentro del tambor, la masa de café y azúcar giraba con un rumor de olas en una playa pedregosa. «¡Ostras, vaya tardecita que llevo!», suspiró Rosita.

Al otro lado del huerto, en la puerta de la cocina, asomó un taburete y detrás un hombre delgado con gorra de tranviario y un botellín de cerveza negra en la mano. Se sentó en el taburete y apoyó la espalda en el quicio de la puerta mirando trabajar a los primos.

Poco después, Rosita lo vio frotarse la bragueta con el botellín. Parecía joven. «Es el mismo de la semana pasada», murmuró el carbonero. Rosita se encogió de hombros: «Mejor malo conocido que bueno por conocer. Eso dicen, ¿no?». Sintió un regusto a hiel en la garganta y no anduvo muy ligera al cambiar la manivela de mano.

—No la sueltes ahora o se formará una plasta —dijo su primo—. Ya falta poco.

Atizó el fuego, dispuso el cedazo grande en el suelo y colocó a su vera dos rastrillos de mano. Se puso los andrajosos guantes negros que llevaba prendidos en la faja y luego apoyó distraídamente el brazo en el hombro de Rosita, mirando el fuego con fijeza.

—Lo haces muy bien.

Ella frotó la mejilla encendida contra el brazo tiznado. Al poco rato dijo:

—Rafa —y se quedó pensativa—. Hoy estoy baldada. Y lo peor no es eso. Lo peor es el muerto.

—No vayas. Manda al carajo a ese matón.

—Tengo que ir —y vio al inspector agazapado al borde del banco, solo, la cabeza abatida sobre el pecho—. Pobre hombre. Su mujer está de él... Dicen que lo va a dejar.

–Me cago en sus muertos, Rosi. Que se joda.

Cuando menguaron las llamas y quedó la brasa, arrojó unos puñados de carbón. Rosita sintió un frío en la espalda. «No lo entiendes», dijo: «Estoy todo el rato pensando en ese fiambre que está esperándome allí, con la cara espachurrada... ¿Cómo podría hacerlo hoy, sabiendo que tengo que vérmelas con un muerto de cuerpo presente? ¡Brrr...!». Miró el perfil de su primo y adivinó la mueca de contrariedad bajo la máscara de hollín.

–No pienses más en eso –dijo él–. Piensa en otra cosa.

Tenía la voz cremosa como los curas cuando la confesaban, y eso a ella le gustaba.

–Sí, se dice muy pronto.

–No vamos a perder unos cuantos duros por esa tontería. Sólo tenemos un día a la semana.

Cogió el vaso del suelo y se humedeció los labios. Le dio el vaso a ella y dijo: «Descansa un poco», y la reemplazó en la manivela. Rosita se desperezó, observó al cliente sentado a contraluz y sorbió un poco de vino, pero lo escupió con la risa: «Se me está pudriendo la boca, niño». En sus pupilas brillantes chispeaba la doble imagen diminuta y roja de las brasas. «¿Has visto?», añadió: «Está refregándose el *quinto* por aquí».

Su primo se apartó, entregándole otra vez la manivela. «Avisa cuando la sientas pesada», dijo señalando la esfera, y se encaminó hacia la capilla, el capacho y la ropa de Rosita plegada en un rincón del cobertizo. Cogió la capilla, volteándola, y con una horquilla hurgó en la ranura hasta hacer saltar unas monedas que recogió. Rosita lo miraba con ojos mohínos: «No hay casi nada. Lo van a notar», y de pronto sintió que el contenido de la esfera se apelmazaba y aumentaba de peso.

–¡Deprisa! –dijo–. ¡Se va a pejuntar![2]

Él dejó la capilla y corrió a situarse al otro lado del fuego,

2. 'Se va a apelmazar'.

agarró con ambas manos enguantadas el eje saliente de la esfera y dijo: «Ahora». Rosita no había parado de hacerle dar vueltas a la esfera y cuando la apartaron de los soportes aún rodaba en el aire. Él hizo saltar la clavija y el tambor se abrió derramando sobre el cedazo el humeante torrefacto.

Su intenso olor azucarado atenuó la fetidez que provenía del huerto. Con el rastrillo, durante un buen rato, Rosita esparció por todo el cedazo la plasta negra evitando que al enfriarse quedaran grumos; la olfateó, escogió un grano gordo y charolado y se lo metió en la boca.

—Ya vale, déjame a mí —ordenó Rafa, y miró al hombre sentado al otro lado del huerto—. Ve a lavarte.

Rosita soltó el rastrillo. Acuclillada, miró a su primo con una sonrisa afilada y se dejó ir lentamente hacia atrás, apoyando el trasero en los talones. El grano de café y una crispada ensoñación crujían en su boca enferma.

—¿Vendrás?

—Que sí —dijo él de mala gana.

—Entonces prefiero lavarme después.

—Estás empapada. Pillarás un resfrío.[3]

—Ojalá y me muera, primo —dijo Rosita con la voz inerme—. Ya sé que no me echarías en falta, ya sé...

—Paloma, qué cosas dices.

Estiró el brazo y rozó su mejilla arrebolada con el guante tiznado. «A éste ya lo conoces, es un amigo», añadió: «Luego vendrá su paisano. Es buena gente, no irás a decirme ahora que te dan maltrato».

Rosita llenó sus pulmones del aroma dulce y clandestino del café y se incorporó. «Hago por no enterarme», dijo resignada. Cogió el cubo de agua y la frazada y se dirigió lentamente a la trasera del cobertizo.

Extendió la frazada sobre la hierba mustia, se sentó, pegó la espalda a las tablas y se quitó el pañuelo de la cabeza. Mientras se desabotonaba el guardapolvo, la memoria sumi-

---

3. 'un enfriamiento, un resfriado'.

sa de su cuerpo identificaba otra vez el canto rodado y la depresión del terreno bajo las nalgas, la esparraguera arañando sus tobillos y más allá los viejos algarrobos y olivos alzándose como un oleaje negro en la colina pedregosa, remontando la falda escalonada del Cottolengo bajo el resplandor verde y azul de la noche.

En medio de la algarabía de los grillos, oyó la voz persuasiva del primo saludando al amigo y pidiéndole un trago de cerveza.

8

El inspector tenía alambres de púa en las corvas en lugar de tendones, pero enfiló animosamente la empinada calle Larrad. Maldito barrio de sube y baja y escóñate, pensó avistando el parque Güell. Dejó atrás farolas ciegas y descabezadas y dobló a la derecha bajando por Rambla Mercedes, un barranco en obras, con aceras escalonadas que lo hacían aún más intransitable. Se oían radios y voces de niños en el laberinto de patios y casuchas miserables. Abajo, en la noche remansada, el inspector olfateó el torrefacto y el fétido olor de las huertas. Brillaban espectrales llamas rojas entre los olivos sombríos de la colina.

En la puerta del bar conversaban dos hombres con boina sentados en cajas de refrescos. Dentro cabía apenas el mostrador forrado de zinc y la vieja detrás lavando vasos en la barrica de agua. Al ver al inspector se quedó parada.

—Qué hay —dijo él.

—Iba a cerrar ahora mismo...

—Por mí no lo hagas. ¿Dónde está Rosita?

Su cabeza rozaba el techo recalentado de uralita que aún trasudaba los ardores del sol.

Ella tardó un poco en responder:

—¿Y usted qué la quiere a la niña?[1]

—¿No te lo ha dicho?

La abuela Maya apoyó los puños mojados al borde del mostrador y lo miró con el rostro duro de cuatro años atrás, la pequeña boca fruncida como un higo seco. Entonces, cuatro años atrás, el inspector sintió en la nuca la húmeda cola

---

1. 'para qué la quiere'; es expresión habitual en las obras del autor (véanse, por ejemplo, *Si te dicen que caí*, pp. 49-50 y 244, y *Rabos de lagartija*, pp. 226 y 318).

del viento al abrirse la puerta y la ronca voz del que entraba delatándose: «¿Limpia, señores?». Lo mismo que ahora, pero mucho más rápido, aquella noche giró sobre los talones y sin darle tiempo a nada lo agarró por el chaleco empujándolo contra la pared. Le advirtieron en comisaría que solía llevar una pistola en la caja del betún, pero no era cierto.

Ahora la puerta seguía abierta y no entró nadie, ni siquiera el viento.

—Te he preguntado dónde está —dijo encarándose de nuevo con la anciana—. Vamos, tengo prisa.

Ella miraba la arpillera colgada en la puerta de la cocina, al final del mostrador. El inspector sabía que esa mirada lastimera no tenía que ver con Rosita: está viendo todavía al limpiabotas reculando y cubriéndose la cara con los brazos, pensó, la nariz manando sangre como un grifo, volcando taburetes y arrastrando la arpillera al caer. El inspector se había lavado los nudillos doloridos en el agua de la barrica. «No es por el tostadero ilegal, que conste;[2] tú sabes que en eso hacemos la vista gorda», había explicado a la vieja: «Yo no sé quién ha denunciado a tu hijo ni por qué; por algo malo que haría en el pueblo, seguro. Yo sólo cumplo la orden de detenerlo». Ella limpió la cara magullada de su hijo con el borde del delantal.

—Dile a la niña que la estoy esperando —ordenó el inspector—. Pero antes dame un coñac, haz el favor. ¿Qué, cómo va el negocio del torrefacto?

La abuela bajó los ojos, estiró los dedos sarmentosos sobre el zinc y se afirmó en su puesto como si fuera a temblar

2. En los *tostaderos ilegales*: se tostaban y molían algarrobas a las que se añadían tres cuartas partes de malta (granos de cereal, habitualmente cebada), con lo que se obtenía un producto que se vendía de estraperlo como café, entonces prácticamente desaparecido del mercado. Marsé, como antes su padre, trabajó muy joven en un tostadero clandestino de café. En *Si te dicen que caí*, Luis, uno de los *trinxas* de la pandilla de Java, también desempeña ese trabajo: «iba algunas noches a un tostadero clandestino de café, allí le daba vueltas a una esfera de metal sobre unos leños encendidos, y estaba siempre en la luna, con sueño y buen olor a café y azúcar tostado en sus ropas» (p. 210).

la tierra. «Ya mismo viene. Estará aseándose un poco, la criatura», dijo sin mover los labios.

Una mano blanca como el yeso apartó bruscamente la arpillera y en el umbral de la cocina apareció un hombre bajito y prieto con una camisa blanca recién mudada, los faldones fuera del pantalón. Se pasaba por el pelo liso y negro un cepillo de dientes untado de brillantina. Volvió a ocultarse en el acto, y sólo entonces, cuando ya no estaba allí, el inspector contrastó la sombría palidez de su cara lavada con sus cabellos charolados. La máscara de carbón lo había confundido toda la tarde; tenía por lo menos treinta y cinco años.

Fue tras él mascullando: «¿Este pimpollo es tu nieto?» cuando la vieja Maya le ofrecía solícita la botella de coñac y la copa más grande. «Tenga, del que a usted le gusta...» Pero ya el inspector cruzaba la cocina y salía al huerto, tropezando con una banqueta.

Oyó pasos apresurados en la sombra y voces detrás del cobertizo, pero no vio a nadie. Avanzó en línea recta llamando a Rosita, hollando los surcos blandos y pútridos, la esponjosa tierra de ceniza. Las flores bizcas de las habas brillaban en la noche como ojos. En el umbral del cobertizo humeaban los rescoldos y las bolsas de café estaban apiladas en el cedazo. La capilla y el capacho de la huérfana seguían en la leñera.

El inspector rodeó el cobertizo y encontró a la niña vistiéndose de pie junto a las tablas carcomidas, la frazada sobre los hombros y el pelo suelto. Ella no lo miró asustada, sino con rabia y desdén.

–Le dije que no viniera. ¡Se lo dije!

–¿Qué mierda haces aquí?

–Iba a lavarme, ¿no lo ve?

El inspector avanzó un paso y recogió del suelo la botella de cerveza negra. Rosita retrocedió arropándose con la frazada. Se acentuó el arrebol en sus mejillas y el centelleo febril en sus ojos negros, aquel tráfago ponzoñoso de crías de alacranes.

–¡No se acerque! ¡No mire!

El inspector permaneció quieto un buen rato. Percibía el vaho corrupto que exhalaba la tierra, la entraña crapulosa de la primavera.[3] Sujetó a Rosita del brazo y la abofeteó.[4]

3. *crapulosa*: 'licenciosa, libertina'.   4. Rosita se ha prostituido, como Susana en el desenlace de *El embrujo de Shanghai*, aunque cuando ocurren los hechos ésta tiene unos pocos años más (p. 223).

9

—Ahora vuelve a contármelo desde el principio —ordenó el inspector.

—Le he dicho la verdad, puñeta. ¡Que me muera si no!

Rosita levantó el hocico desafiante y colorado y miró en torno como si buscara una salida. El vagón del metro iba casi vacío. Apoyó la ensordecida cabeza en el cristal de la ventanilla y se abrazó a la capilla, meciéndola con una pérfida parsimonia. Entonces empezó a llorar.

Sentado frente a ella, el inspector seguía esperando una explicación satisfactoria. Ni en el huerto ni después, camino de la estación de Lesseps, a pesar de todas las amenazas, logró sacarle una palabra. Antes de llevársela casi a la fuerza, tirando de su puño rabioso, en la tasca ya cerrada y sofocante interrogó a la Maya. «Mi nieto tiene un trabajo honrado y es cumplidor y justo como su padre», declaró mientras deshacía su moño sentada en una silla: «Pero usted le da miedo». Había sacado un peine del bolsillo del delantal y lo sostuvo un rato por encima del hombro con mano temblorosa; en silencio, Rosita se situó a su espalda, recibió el peine y comenzó a peinarla despacio. Ninguna de las dos volvió a abrir la boca.

Ahora Rosita lo miraba entre las lágrimas:

—Piense lo que quiera. Pégueme otra vez, ande. Lléveme a la cárcel, o al correccional, a mí qué. Me importa una mierda.

—Luego hablaremos de eso. Con mi cuñada.

—Si le dice a la seño que tengo novio, nunca más le estaré amiga.[1]

—¿Me tomas por imbécil? Hay mucho más que eso.

---

1. 'no volveremos a ser amigos', del catalán *mai més no li estaré amiga*.

—¡Nada que a usted le importe!

El paso de un convoy en dirección contraria proyectó una metralla de luz en su cara y el estrépito mecánico ahogó sus sollozos. Luego se quedó mirando la fugitiva oscuridad del túnel a través del cristal, meciendo a la Virgen. El inspector dijo: «¿O prefieres hablar en la comisaría, cuando le eche la mano encima a ese mangante degenerado que dices que es tu primo?»

Rosita no contestó. En Universidad subió un fontanero con un water nuevo a la espalda y la mirada entre perdida y displicente.[2] Lo depositó en el suelo, sacó la petaca de la caja de herramientas y lió un cigarrillo aguantando los bandazos del vagón con las piernas muy separadas; sumido en sus cavilaciones, se sentó en la taza del water y terminó de liar el pitillo sin sobresaltos.

—Antes de nada —añadió el inspector— quiero que te expliques delante de la directora.

—¿Explicar qué?

—O te parto el alma, fíjate.

—Ya. ¿Y qué más?

—Eso de que tienes una familia. Boba. ¿Qué cuento es ése?

—¡¿Por qué no había de ser mi gente?! ¡¿Y a usted qué más le da?!

—Y tu novio. Ese mamarracho que podría ser tu padre. ¿Qué edad crees que tiene? ¿Por qué echó a correr?

—Pensó que usted venía por lo del café...

—No lo creo —la miró con fijeza y agregó—. Debería sacarte la verdad a trompadas. Putilla de mierda.

—Ya vale, ¿no?

Se agolparon de nuevo las lágrimas en sus ojos. Apoyó un pie sobre el muslo y se frotó el tobillo. Lanzó una mirada furiosa al inspector mientras con ambas manos, empleando una energía innecesaria, un amasijo de nervios y de miedo,

---

2. Esta imagen proviene de un episodio real que vivió el autor y que él mismo ha relatado en varias ocasiones.

estiraba el calcetín una y otra vez hasta casi romperlo. «Novios, sí. ¿Qué tiene de malo?», gimoteó: «Y sepa que nunca
hemos tocado un céntimo de la capilla, sólo lo que es mío,
propinas que me saco con la Virgen... El primo y yo junta-
mos nuestros ahorros. ¿O eso también está prohibido?»

—Siéntate como es debido.

—La directora sabe que tengo una libreta en la Caja de
Ahorros —prosiguió Rosita con vehemencia—. Pregúntele.
Sabe que estoy ahorrando para el día que me case... Porque
yo un día me las piro, ¿sabe? ¿Qué se creía usted, que iba a
quedarme de fregona toda la vida, acarreando la Moreneta
de las narices de aquí para allá y aguantando la tabarra esa de
las beatas...?

—A mí no tienes que convencerme de nada —el inspector
volvió la cara al cristal y vio a un sujeto que volaba a lo largo
del túnel sentado en un water—. Todo eso podrás contárselo
al tribunal de menores.

Volvió la cabeza. Hacía rato que el fontanero les miraba
con aire abúlico. Rosita apoyó de nuevo la frente en el cristal
y miró afuera. En el centro de aquel vértigo negro colgaban
racimos de lilas en una pérgola soleada y ella, la niña buena y
dulce que fue una vez, se mecía en el columpio con su rebeca de angorina azul erizada de luz. Sacó la lengua diciéndose en el cristal: «Borrica».

El inspector consideró la desvergüenza del tipo sentado
en la taza del water; el pitillo sin encender en los labios, la
mirada sonsa[3] y los codos en las rodillas. El vagón chirriaba
en una curva inacabable y el inspector se levantó, cogió a Rosita de la mano y se dirigió a la puerta. Desde allí se volvió
con la expresión hosca. «Levántese, payaso», dijo sin alzar la
voz: «¿Dónde cree que está?» El hombre intuyó la autoridad
del que le increpaba y se levantó con mansedumbre, ocultan-
do el cigarrillo. Iniciaba una disculpa cuando el inspector le
volvió la espalda.

---

3. 'perdida'.

El metro entraba frenando en Urgell. Rosita se soltó para cambiar la capilla de cadera, acercándose más a la puerta, y el inspector se situó detrás. Apoyó suavemente la mano en su hombro y aún captó el aroma del café tostado en sus cabellos. La puerta se abrió y Rosita saltó al andén con el puño enrabiado en la mano del inspector.

Resonaban pasos a la carrera en el cruce de túneles de acceso. En el suelo, un muchacho exhibía sobre hojas de periódico un pie torcido para adentro y con sólo tres dedos; tierno y rosado, como de seda, parecía el pie de un bebé. Rosita vislumbró al pasar la engañosa mansedumbre del tobillo deforme y el mentón duro y atractivo del chico, su boca delgada y serena en la sombra. Rumiando lo que le esperaba esta noche —no frente al muerto, fuera o no su violador, sino luego frente a la directora y el inspector—, no tuvo clara conciencia de salir a la calle y caminar un buen trecho hasta el Clínico; salía de un túnel sombrío para meterse en otro, alternando la visión de mendigos tullidos y gitanas dormitando al pie de los muros con la de camillas vacías y sillas de ruedas que parecían haber sido precipitadamente abandonadas en medio de los desiertos corredores del hospital. El inspector la llevaba de la mano, pero ya no parecía tirar de ella, sino de sí mismo, silencioso y cansado, balanceándose un poco sobre las pesadas piernas.

Se paró ante una sobada puerta gris cuya pintura, como si hubiese sido expuesta a un calor intenso, mostraba ampollas, una erupción granulenta. «¿Y si me desmayo?», murmuró Rosita. El inspector empujó la puerta. «No hace falta que le veas muy de cerca», dijo. Sintió el puño de la niña latiendo en su mano como un pájaro. Lo soltó a mitad de camino y siguió solo hacia la camilla, rodeándola hasta situarse del otro lado. El lienzo blanco que cubría el cadáver absorbía la luz de la única bombilla del techo envuelta en un cucurucho de papel de estraza. Los pies hinchados rebasaban la camilla, abriéndose en la tiniebla como granadas. Rosita intuyó la piltrafa, evitó mirarlos. Había otras dos camillas, pero estaban desocupadas. El depósito era pequeño y frío, y, más allá del círculo de sombras, Rosita observó la forma escalonada y geométrica de lo que parecía un anfiteatro. Avanzó un poco más y notó que pisaba una mugre viscosa.

El inspector alzó el borde de la sábana y Rosita miró cabizbaja y ceñuda como si fuera a embestir.

–No es él –dijo inmediatamente.

–Acércate más.

–Que no es. Que no.

–Aún no le has mirado. ¡Acércate, te digo!

Rosita obedeció, abrazando la capilla con fuerza. El intenso olor a amoníaco estimuló sus nervios. Pero el muerto no la impresionó, no avivó en su mente la fogata ni el espanto. Miró de cerca el rostro magullado pero sereno de un hombre joven, bien peinado, con barba rala de tres o cuatro días. La boca inflada y entreabierta, con un frunce en el labio superior que la desfiguraba, dejaba ver una dentadura blanca y prieta, y los párpados de cera, semicerrados, sin pestañas, una mirada vidriosa y azul.

–Que no. Era mucho mayor, y más flaco.

–Está desfigurado. Mírale bien.

El inspector retiró un poco más el lienzo y descubrió los hombros y el pecho lampiño, deprimido. Rosita dio un respingo y apartó bruscamente la cara. El inspector captó el tufillo zorruno de su miedo y dijo: «Sólo tienes que hacer un gesto con la cabeza». Entonces vio, lo mismo que ella, los hematomas en los flancos, las erosiones y las quemaduras. Debajo de la tetilla, dos orificios limpios y simétricos soltaban una agüilla rosada. Los pies eran una pulpa machacada, sin uñas. «Vaya chapuza», pensó. Empezó a discurrir rápidamente. Lanzó a la niña una mirada preventiva:

–Debió caerse desde muy alto –dijo, y volvió a taparlo hasta el cuello.

Ella no sabía adónde mirar. Se puso pálida.

–Déjeme ir. Por favor, déjeme ir...

Y en sus ojos contritos y extraviados, el inspector leyó su

propio discurrir. Ninguna caída, ni desde la azotea más alta, podía haber causado este concienzudo descalabro, esta aflicción de la carne.

—Esta mañana no le vi. Te habría evitado esto... —dijo el inspector— ¿Te sientes mal?

Rosita asintió:

—Me quiero ir, haga el favor.

El estómago le rebrincaba y sentía resbalar las plantas de los pies en las sandalias de goma, que no conseguía despegar de la pringue de las baldosas. Afirmó los brazos en torno a la capilla y aplastó la boca contra ella, inflando los carrillos. «En el pasillo, a la izquierda», se apresuró a indicarle el inspector, y ella logró moverse por fin y echó a correr.

Dejó la puerta abierta y volvió la cabeza creyendo que el inspector la seguía. Pero él no se movió.

Una vez solo, el inspector supo que no volvería a verla. Esperó hasta oír apagarse el chapoteo de las sandalias en el silencio del corredor, y luego apoyó ambas manos al borde de la camilla; tensos los brazos, se inclinó muy despacio sobre el rostro del cadáver como si fuera a mirarse en el agua. Lo mismo da, se dijo. La identidad real del difunto y la que ahora le otorgaba esa niña simplemente con venir a verle, dando así carpetazo a un error de la Brigada, al celo rabioso o a la negligencia de algún funcionario, le tenían por completo sin cuidado. Y lo mismo debía ocurrirle a ella; nada que no pudiera arreglarse con volver la cara y vomitar, siempre y cuando se tuviera estómago para hacerlo... Consideró entonces la falacia ambulante que representaba la huérfana, la añagaza piadosa de su peregrinaje con la capilla, su solitaria ronda al borde del hambre y la prostitución y esta última e involuntaria aportación a la mentira: sólo con mirarle, enviaba a este infeliz al anonimato, enterrado bajo una espesa capa de cal en la pedregosa ladera de Montjuich.

El inspector cubrió la cara del desconocido y la luz ominosa que escupía la sábana cubrió la suya con una lívida máscara de resolución.

Rosita dejó correr el agua del grifo de la pileta y se miró en el espejo. Luego rebuscó en el capacho entre las fiambreras, las hojas de morera y la paloma, y sacó un pañuelo. Lo mojó en el chorro del grifo, lo exprimió y se limpió la cara y el cuello. Tras ella, el vómito rosa había salpicado la pared y la taza del retrete. Se oía un zumbido subterráneo de cámaras frigoríficas y un regurgitar de aguas dentro de las paredes estucadas; detrás del ventanuco, en el oscuro patio interior, caían desde lo alto ecos de toses y de puertas golpeando en estancias cerradas. «Ostras», se dijo, «yo aquí me muero». Se peinó, recompuso el rodete en la nuca, cargó con el capacho y la Virgen y salió al pasillo. Se paró en la puerta del depósito y vio al inspector con la cabeza gacha, casi de bruces sobre la camilla.

—He arrojado las zanahorias de hace un año, ¿sabe? —bromeó, pero el miedo aún gritaba en sus pupilas—. ¿Puedo irme ya...?

Desde la penumbra más allá del muerto, el inspector la miró con ojos glaucos. Rosita no supo si él la había oído, ni siquiera si la veía, y entonces dio media vuelta y enfiló el pasillo corriendo y no paró hasta salir a la calle.

Caminó deprisa y sintió el relente de la noche ciñendo sus sienes y tobillos con brazaletes de frío. Se orientó hacia los barrios altos escogiendo calles todavía concurridas y se miraba pasar en el cristal de los escaparates, diciéndose: «¡Ondia, Rosi, de la que te has librado!»

Cerca ya de la Casa hurgó en el capacho y encontró una zanahoria; al empuñarla sintió la férrea mano del inspector cerrándose en torno a su muñeca, y volvió la cabeza. En la calle estrecha y desierta las cloacas soltaban un hedor dulce a flores podridas. Rosita tuvo miedo y empezó a silbar, pero de sus labios sólo fluía una seda. Entonces oyó el bastón del sereno tanteando los adoquines con una cadencia familiar y corrió hacia la esquina.

—Le traigo un pichón, señor Benito.

El hombrecilllo se paró con la gorra calada hasta las cejas y un pitillo pinzado en la oreja.

–¿De dónde vienes a estas horas, Rosita?

–De un ensayo en Las Ánimas –sacó el ave del capacho y le quedaron plumones de seda pegados en la mano–. Está un poco averiado, pero es de confianza, señor Benito.

–No es un pichón –observó el sereno–. Y le falta nada menos que la cabeza, hija. ¿Que no lo ves?[4]

–Estos chicos, que son unos manazas. Le retorcieron demasiado el pescuezo... Pero está sana, mire. Yo no le vendería una cosa mala, señor Benito.

–Ya. ¿Te abro o tienes llave?

–Tengo. Bueno, ¿qué dice?

–No, hija. Así no la quiero. Y yo que tú la tiraría –añadió el sereno disponiéndose a reemprender su ronda–. ¿Quieres que te acompañe?

–No se moleste, gracias –dijo ella con voz deprimida.

Mordió la zanahoria y se fue calle arriba, balanceando la paloma por la punta de un ala. En la siguiente esquina la tiró a la cloaca y se frotó las manos. La paloma entró en el oscuro agujero con las blancas alas desplegadas y flojas, remedando un vuelo raso y precario que ni siquiera la muerte conseguía despojar de cierta decorosa ingravidez, un amago postrero y fugaz de libertad. La última zanahoria no sabía a nada. Rosita entró en el sombrío zaguán de la Casa silbando por oírse silbar, todavía con pelusilla de plumón en los dedos, los calcetines bailando en los tobillos y la Moreneta en la cadera.

---

4. '¿No lo ves?', en construcción interrogativa a la manera catalana (*Que no ho veus?*).

ÍNDICE DE NOTAS

Este índice permite localizar los elementos comentados en nota, ya sean voces, expresiones o frases hechas, nombres de persona, acontecimientos históricos, fuentes literarias o temas. Las entradas *en cursiva* son las de los términos, nombres o frases que aparecen literalmente en el texto de la obra. Los números de cada entrada remiten a la página y, tras un punto, a la nota correspondiente. Las obras literarias aparecen en la entrada de su autor (salvo las de Marsé, que constan como entradas independientes).

ÍNDICE

Noticia de Juan Marsé y *Ronda del Guinardó*
Fernando Valls

Ronda del Guinardó

CLÁSICOS Y MODERNOS

Colección dirigida por
GONZALO PONTÓN GIJÓN

Coordinación general:
SILVIA IRISO

Diseño de la cubierta: punt groc comunicació
Ilustración de la cubierta: © Oriol Hernando Juncosa
Diseño de mapas: © Sophie Savary
Fotocomposición: Víctor Igual, S.L.

© 1984, 2000, Juan Marsé
© 2005 de la edición y el estudio preliminar:
FERNANDO VALLS
© 2005 de la presente edición para España y América:
EDITORIAL CRÍTICA, S.L., Diagonal, 662-664, 08034 Barcelona
e-mail: editorial@ed-critica.es
http://www.ed-critica.es

ISBN: 84-8432-562-8
Depósito legal: B. 3.851-2005
Impreso en España
2005 – A & M Gràfic, S.L., Santa Perpètua de Mogoda (Barcelona)